無職轉生

22

到了異世界就拿出真本事

理不尽な孫の手
Rifujin na Magonote
插畫：シロタカ

Kadokawa Fantastic Novels

無職轉生～到了異世界就拿出真本事～㉒

CONTENTS

「是從何時開始呢？

回過神來，已經能輕鬆地拜託朋友。」

Grow in my communication ability.

著：魯迪烏斯・格雷拉特

譯：金恩・RF・馬格特

第二十二章 組織篇

第一話「歸還與報告」

位於魔法都市夏利亞郊外的房屋。

呈現在此處的，是與邪惡的魔王城一詞十分相稱的空間。

阿斯拉王國產的毛茸茸地毯，椅子是桃花心木製的紅龍皮革，塞得滿滿的羊毛則是米里斯出產。

值勤桌配合椅子採用明亮色調，由夏利亞的工匠仔細地完工的裝飾，令所有人看到都會感到心曠神怡。

暖爐點著火，偶爾傳來的清脆聲響著實令人放鬆。

什麼？你說這種舒適的空間哪裡像魔王城了？

當然是因為坐在椅子上，以恐怖表情惡狠狠瞪著我的那個人所散發出的異常氛圍啊。

只要有這個人在，不論哪裡都是邪惡的魔王城，再不然就是邪惡的祕密組織。

不是由場所醞釀氣氛。而是由在場的人營造現場氣氛。什麼事情都是因人而起。

「以……以上，就是這次的報告……」

處於這種隨時可能家庭崩壞的舒適氣氛當中，我把在米里斯神聖國的事情始末報告完畢。

「……」

奧爾斯帝德的表情感覺隨時都會抓狂。

或許是因為這樣，站在我斜後方的艾莉絲也是劍拔弩張。

不過基本上，這副表情並不是瀕臨抓狂，而是稍微有些不同的神色。

最近已經懂得如何看出奧爾斯帝德表情的我，就來判斷這表情給各位見識吧。

嗯嗯嗯……應該是疑問七成，漠不關心占了三成吧。

表示他並沒有想像中生氣。

所以艾莉絲，妳就放心吧。

「這次失態的責任……我一定會幫自己好好善後！」

討伐假面〇士基斯的任務，請交給我怪人「泥人」！（註：出自《假面騎士》，其中的敵人多半通稱為怪人）

「不，這件事當然會交給你來負責……」

奧爾斯帝德開口了。從他的語氣聽來，應該是關於七成疑問的部分吧。

「請問您有什麼顧慮嗎？」

「這件事你已經在石板上提過。為什麼還要特地來這裡說明？」

「因為報告是義務。況且似乎也得稍稍更動今後的行動，我認為需要開會討論。」

「這樣啊……」

奧爾斯帝德像是嘆氣似的這樣說道，重新坐回椅子上。

「所以，你打算怎麼做？」

「那麼，我簡單說明。」

我清了清嗓子。

「用石板通訊時也已經向您報備過了，基斯似乎打算聚集能從正面殺死我的戰力。儘管無法確定他是否真有這個意圖，但我們這邊應該也要與之對抗，召集強力的伙伴。」

「嗯。」

請別擺出那種「果然與在石板上提過的沒兩樣」的表情嘛……

因為實際碰面交談，搞不好會有什麼進展……還有，確認狀況可是很重要的耶。若是彼此的認知不一也並非好事。

「總之，我認為順序上應該先聯絡王龍王國的死神，再來是阿托菲。之後再去找北神……啊，請問您知道北神在哪嗎？」

我打算在阿托菲之後，從七大列強的上位開始依序招攬人手。

第五位「死神」。

第六位「劍神」。

第七位「北神」。

我雖然排出這個順序，但事前與奧爾斯帝德商量時，他說與劍神相較之下，更有可能與北神聯手。

因此，北神比劍神還要優先。

「不清楚。他們浪跡天涯，只要歷史稍稍改變，就會出現在世界的另一端。既然變化如此之大，我也無法判斷。」

「您感覺他們平常會待在哪裡？」

「北神二世在貝卡利特大陸，三世應該在中央大陸的紛爭地帶。」

兩邊距離都很遙遠，而且也沒有能當路標的地方。

既然這樣，放棄尋找北神才是明智之舉嗎？

「了解。那麼接下來是劍神吧。」

目前依序是死神、阿托菲，再來是劍神……

還是希望能夠向更多人物試著接觸。比方說，列強上位之類……

列強上位依序排列是「技神」、「龍神」、「鬥神」，再來是「魔神」。

除了龍神，好像要不是遭到封印就是下落不明來著？

咦？

「話說回來……不能把技神大人拉攏到我們這邊嗎？我記得他是和魔神分裂成兩個人，那他應該會願意協助我們與人神戰鬥吧？」

「沒用的。」

「是因為記憶模糊嗎？既然這樣，只要讓他和魔神拉普拉斯合體恢復理智……啊，可是這麼做佩爾基烏斯大人會生氣呢。這部分得好好處理……」

「住手。」

聽到強硬措辭，我噤口不言。

「我沒有和那幫傢伙聯手的打算。」

那幫傢伙。

聽到這句話，我不由自主地理解了。

不論是拉普拉斯還是佩爾基烏斯，在奧爾斯帝德眼中都是同類。恐怕不只是那兩人，他對其他五龍將也都是一視同仁。

「可是，那個，怎麼說，一旦與拉普拉斯有關，佩爾基烏斯大人應該不會保持沉默吧？」

「要是那傢伙變成敵人，就由我來處理。」

「……了解。」

我隱約猜得到他如此堅持的理由。

奧爾斯帝德的詛咒對佩爾基烏斯無效。

但儘管詛咒無效，奧爾斯帝德卻不與佩爾基烏斯深交。

加上這次又堅決拒絕接觸。

能導出來的答案並不多。

然而，我卻不敢詢問。我總覺得不能問，現在不可以追問這件事。

「要抵達人神所在處的『龍族祕寶』，是指五龍將的性命嗎？」

感覺要是這麼問了，佩爾基烏斯或奧爾斯帝德其中之一就會與我為敵。

他們兩人都對我有恩。我不想被夾在中間左右為難。

現在先當作不知道這件事比較妥當。

「那麼……來說說下一個話題吧。」

「嗯。」

我決定改變話題。

既然已經遭對方否決，強行繼續說下去也絕非上策。

因為我是奧爾斯帝德的部下，自然得服從奧爾斯帝德的決定。

「我在這次事件試過各種行動，以結論來說，我認為奧爾斯帝德大人的『威望』似乎不太足夠。」

「因為我沒有那種東西。」

咦~才沒有那種事啦……雖然想這麼說，但是七大列強就類似在奧運奪下獎牌的運動選手，真要說的話可能確實沒什麼威望。

話雖如此，七大列強的名號在這個世界絕非渺小。儘管容易被一般大眾遺忘，但是再怎麼說，有一定程度立場的人依然知曉他們的存在。

因為像北神與劍神這類劍士的頂點，就存在於那裡。在各國都會僱用這些流派的劍士擔任武術指導或是護衛。只要考慮到其實力及實用性，奧爾斯帝德身為七大列強第二位，立場上想來十分有意義。

所以我認為應該要有效活用這個立場。

「因此，我有一個提案。」

「……說吧。」

「我雖然也逐漸習慣自稱『龍神的左右手』，但是該怎麼說，是讓對方聞風喪膽的效果差強人意嗎？似乎有許多人不了解『龍神』的可怕……不如我以更淺顯易懂的名稱，自稱為『龍王』如何？簡單取個像泥龍王之類的……」

會這麼決定是因為奧爾斯帝德的知名度很低，然而佩爾基烏斯卻很有名。只要別人認為他與那個佩爾基烏斯同級，應該能更明確讓人感受到有多麼了不起。當然也只有名字而已。

「不行。」

奇……奇怪？

「我不允許你自稱龍王。」

被瞪了。

被狠狠盯著！

我可是知道的。嗯，我知道。這是至今從來沒看過的表情。

這八成是「正在生氣的表情」。

好嚇人的怒氣。這是怎樣？不妙，糟糕，腳一直在抖。

「他們抱著渺小的驕傲自由生活，因為無聊的仇恨而喪命。」

「……」

「你不一樣。因此別用那種名號，魯迪烏斯·格雷拉特。」

「啊……嗚……是。」

出乎意料。我以為他會說：「要報名號是你的自由」，想不到會遭到這麼強烈的反對。

不妙，抖個不停。

「嘖……」

「艾莉絲，住手！」

由於艾莉絲在咂嘴的同時試圖衝到前面，我出手制止。

不要緊的。不是吵架，也沒有感情不好。只是因為我說的話有些違背了社長的經營方針，惹他不高興而已。

所以，妳別蹲低姿勢把手放在劍柄。

「提出了越矩的提案，十分抱歉。」

「無妨。」

我低下頭後，怒氣便消失無蹤。

就算是以輪迴為前提而行動的奧爾斯帝德，也有不能讓步的原則，而神經大條的我似乎侵犯了那個領域。

好吧，稱呼什麼的其實根本無所謂。

至於威望，反正可以從其他部分表現出來。我自身的威嚴……就算感覺沒那麼簡單表現出來，但比方說……沒錯，像是借用愛麗兒的，阿斯拉王國的威勢之類。

好，就朝這方向進行吧。

「那麼，威望方面就交給愛麗兒設法處理……請問在劍神之後，要找誰成為伙伴呢？」

「……畢黑利爾王國比較恰當，鬼神就在那裡。礦神等之後再去交涉就行。一旦戰爭爆發，那傢伙就會創造出品質良好的武具，但不擅長直接戰鬥。」

喔喔，話說回來，之前有提過要先把鬼神與礦神一起收為伙伴。

「意思是要拉攏鬼神嗎？」

「不，那個男人成為人神使徒的機率極高。既然基斯在召集棋子，最好搶先一步擊潰他。」

我記得之前說過，鬼神很可能與拉普拉斯敵對。

而拉普拉斯是人神的敵人。因為是敵人的敵人，所以鬼神很容易成為使徒。

所以要搶先一步擊潰他。原來如此，還有這種操作啊。

增加我們這邊的棋子，減少對方的棋子。為了不讓對方一次五個人圍攻過來，逐一擊破也是個方法。

「請問，其他還有誰有可能成為敵人嗎？」

「這個嘛……除了鬼神以外，基本上沒有厲害角色……不過住在天大陸的迷宮『地獄』裡的『冥王』畢塔、魔大陸的『不快魔王』凱布拉卡布拉，先消滅這兩個人比較妥當。不過，從這裡要前往前者的所在地有些費事，最後再處理就行。」

「原來如此。」

感覺每個傢伙的名號都很響亮。非得跟他們戰鬥不可嗎……

只因為他們會成為人神使徒的機率「很高」。

以現狀來說，他們什麼都還沒做。也沒有成為人神的使徒。

那麼，就算先拉攏為伙伴應該也沒關係吧？畢竟目前也不是非得這麼做不可，如果沒辦法，到時再戰鬥就好。

應該說，要到處殺掉不知道是否有關的對象，總覺得很不是滋味。

「那麼，就以拉攏他們成為伙伴，或者是使其失去戰鬥能力的方向進行。」

「對。」

總之，決定好下一個要對付誰了。

接下來就是問出詳情。

「那麼換下一個議題。關於訪問王龍王國這方面——」

後來，我詢問了王龍王國的王族以及有力貴族的情報，便就地解散。

不過話又說回來，我沒想到他會因為龍王的事情這麼生氣。

之後得注意點了。

★ ★ ★

「魯迪烏斯會長！辛苦了！」

從社長室回到大廳的瞬間，坐在櫃檯的女孩便挺起身子，很有精神地低頭致意。

這女孩是長耳族與人族的混血。

儘管流有長壽的長耳族血統，但還很年輕。

她是在為數不少的候補人選當中經過精挑細選，才遴選出來擔任奧爾斯帝德的祕書。

白天會一直坐在這裡，不需要與坐在房間深處的奧爾斯帝德照面，從頭到尾只會透過文書交流來完成聯絡的工作及業務。

名字是叫什麼來著……

「嗯，是啊。妳也辛苦了。」

「您的臉色不太好，請問出了什麼事嗎？」

「沒什麼，只是稍微惹怒了奧爾斯帝德大人。」

「原來社長也會凶會長啊。」

「這次算是踩到了老虎的尾巴吧……」

「是這樣啊……不過，因為社長很仰賴會長，或許是你辜負了他的期待喔。」

「哈哈哈。感覺不像是那麼一回事。」

不僅奧爾斯帝德的詛咒對她很難生效，個性也很體貼。實在是個好女孩。

不過該怎麼說，名字很難記啊。她到底叫什麼來著？法莉絲蒂……不對，菲莉絲緹莉……不對。

如果是愛夏應該知道……不過愛夏現在和塞妮絲一起待在隔壁房間吧。

直接問她感覺也很失禮。

算了，過幾天再私底下問愛夏吧。

「不過話又說回來，稱呼我為會長，而奧爾斯帝德大人是社長，這樣聽起來好像我的地位比較高。」

「呃……那麼我該怎麼稱呼呢？」

怎麼稱呼。

莉妮亞是團長，愛夏是顧問，我是會長，這樣一來……

「奧爾斯帝德總帥……妳覺得如何？」

「……就算問我也很難回答啊。」

「也對。算了，就麻煩妳自行拿捏吧。」
畢竟她處理事情似乎也十分有條理。
目前也沒引起什麼嚴重問題。全心全意地投入在工作上面，似乎也沒有不滿。
工資也設定得較高，可能是因為這樣，就算多少有些狀況她也願意忍耐。
「其他有沒有什麼特別要注意的問題？」
「不，並沒有。」
「這樣啊，假如有任何不滿或是需求，請立刻告訴我。我會盡可能幫妳實現。」
「……咦？」
她嚇到了。為什麼會嚇到？
雖說我們這邊確實沒有勞基法，但我也自認是以佛心企業為目標。
「失禮了。因為奧爾斯帝德大人也問過我同樣的話。」
「啊，是這樣啊……」
「我已經取得了許多好處。」
雖說是以間接手段，但以往要是提出這種提案，肯定會認為是與惡魔締結契約而嚴加戒備……代表多虧了克里夫做的頭盔，順利地減緩了奧爾斯帝德身上的詛咒。
可喜可賀，可喜可賀。
「明明社長這麼照顧我，可是卻沒辦法拜見他的尊容，實在很令人遺憾。」

「畢竟有詛咒的影響。看到臉的瞬間，妳現在所感受到的謝意也會變換為憎恨或是猜忌之心吧。」

「實在很可怕呢。」

「是啊。所以當奧爾斯帝德大人在房間裡面辦公時，請絕對不要打開襖門。」

「……襖……襖門？」（註：影射《白鶴報恩》，打開襖門會看到真面目而導致無可挽回的後果）

「嗯咳。」

算了，如果是戴著頭盔的時候，多少接觸應該不要緊吧。

因為奧爾斯帝德也不可能一整天都戴著頭盔，所以不能掉以輕心。

「不管怎麼樣，今後也要拜託妳了。」

「了解。」

「另外，請妳不著痕跡地對社長表達，會長看起來一臉歉疚。」

「噢，好的。呵呵，會長意外地是個膽小鬼呢。」

也沒什麼好意外的。我打從娘胎出生就是個膽小鬼。無論身心都是小角色。

總而言之，與她進行一番交流之後，我離開了事務所。

好啦，接下來得向家人報告。

關於塞妮絲、關於基斯，有許多事情必須告訴她們。

值得慶幸的是，並非都是些不好的消息。

★莉莉雅觀點★

那天，艾莉娜麗潔小姐來訪。

她每隔幾天就會來我們家一趟，陪夫人們聊天。

明明她婚後已經定居此處，甚至還生了孩子，丈夫現在卻遠在他鄉，想必很是寂寞。不管是我還是夫人們，都對她的心情感同身受。

然而，她的言行舉止卻是一如往常，絲毫感覺不到寂寞。

應該是因為她對這種事綽有餘裕吧。

或許是因為這樣，反而是夫人們經常找她商量。

像是孩子到了幾歲該實施什麼樣的教育，甚至是細枝末節的牢騷。

「愛夏要到何時才會表現得像個大人呢？」

「這個嘛。因為她也並不是辦不到這點……直到她自己認為那是必要之前，肯定不會主動表現吧。」

「自己是指？」

「比方說喜歡上某位男士之類……」

「魯迪烏斯少爺不行嗎？」

「妳應該也心知肚明吧。愛夏之所以會表現出幼稚的行為舉止，正是因為她認為自己是魯迪烏斯的妹妹，而不是戀人或是妻子。」

「隱約有這麼覺得。」

「那麼，就必須找到其他對象才行。可以讓愛夏在面對他時，願意表現出大人言行舉止的那種出色對象。」

「唔～……」

那天，商量的人是我。

艾莉娜麗潔小姐雖然外表比我年輕，但果然是因為老於世故吧。她對我的提問給出了明確回答。

「我想想……最好是年紀小，不太可靠，又對成熟女性抱有過度憧憬的人物。」

「過度憧憬？」

「是啊。如果是愛夏，應該能一邊滿足那種少年的憧憬，同時也告訴對方何謂現實。」

我很清楚，愛夏應該不會與魯迪烏斯少爺在一起。非但魯迪烏斯少爺不期望那種關係，愛夏本身也並不奢求……話雖如此，就算找來相親對象，腦海也始終無法浮現順利進行的光景。

「總之，也只能順其自然了。」

「是……嗯？」

當我低頭回應時，雷歐慢條斯理地出現在餐廳。

背上坐著菈菈小姐與露西小姐。
是在玩騎馬打仗嗎？
「汪嗚！」
雷歐對著我吼叫。
是怎麼了呢？牠很聰明，除非有任何理由，否則不太會叫才對。
難道，是希露菲葉特夫人出事了……！
「汪嗚，汪嗚！」
雷歐一邊搖著尾巴，同時把目光來回看著我與入口。
不，我誤會了。看牠這麼高興的態度。假如是希露菲葉特夫人出了什麼事，應該會為了找人過去而當場吼叫。
既然朝著入口……是客人嗎？不對，雷歐應該從來沒對客人搖過尾巴。
啊。或許是洛琪希夫人回來了。
我這樣心想並挺起腰桿，便聽到玄關響起開門的聲音。
我為了出門迎接，急忙趕往玄關。
「啊，莉莉雅小姐。我們回來了。」
「莉莉雅，我們回來了！」
「！歡迎回來，魯迪烏斯少爺！艾莉絲夫人！」

站在玄關的，是魯迪烏斯少爺。

艾莉絲夫人與塞妮絲夫人，還有愛夏也在一起。

可是，歸來的時間比預定快上許多。

原本計劃是要在米里斯待上半年左右，然而現在才經過大約一個月半。而且，魯迪烏斯少爺的表情一反常態地嚴肅……

我立刻領悟到了。

啊，肯定是出了什麼事。

原因恐怕在於克蕾雅夫人吧。

克蕾雅夫人為人不太懂得變通，而且不論是對諾倫小姐或是愛夏都稍稍有些嚴厲。她是虔誠的米里斯教徒，我認為她絕非壞人，但就算講客套話，她這個人也不算好相處，想必與魯迪烏斯少爺的關係是差到不行。

恐怕是因為與家人有關的事情意見相左，進而發生了衝突吧。

「請問出了什麼事嗎？」

一這樣詢問，魯迪烏斯少爺嚴肅的表情顯得更加凝重。

我原本以為若是魯迪烏斯少爺應該能妥善處理……但不行的事果然就是不行。

「……嗯，是啊。」

魯迪烏斯少爺以難以言喻的態度含糊其詞。

「是因為克蕾雅夫人嗎？」

我這樣詢問，魯迪烏斯少爺便露出了呆愣表情。

「不是，我和克蕾雅夫人雖然吵了一架，但已順利言歸於好，我認為她並不是壞人。」

聽到這句話，我在感到不解的同時也稍稍鬆了口氣。

明明應該要由自己前去為他們擋下砲火，可是我卻沒跟去，所以這一個月半以來始終為此懊惱，不過看來這個擔心是我杞人憂天。

不過，那會是出了什麼事呢？

「那麼是怎麼了呢？」

我一詢問，魯迪烏斯少爺就面有難色地別開視線。

站在他身旁的愛夏則是一臉尷尬神情。

看樣子，似乎是因為其他事發生了問題。

從愛夏的臉色來看，問題是出在她身上嗎？

「愛夏做錯了什麼事嗎？」

剛才也與艾莉娜麗潔小姐商量過了，這孩子分明已經超過十五歲，行為舉止卻始終不像個大人。

明明有能力，心態卻永遠像個孩子。

雖然從前曾抬頭挺胸地說：「這孩子是天才兒童，她能替我向魯迪烏斯大人報恩。」，但總不能永遠是天才「兒童」啊……

「不，她做得很好。」

「那麼，是什麼原因？」

儘管一瞬間認為繼續追問是越矩行為，但我還是試著詢問。

「這個嘛……說來話長，可以等大家都集合後再說嗎？」

「是，非常抱歉。」

「不會……啊，不過也不光是壞事，還有一個好消息。啊，我先去把行李放好，母親就拜託妳了。」

魯迪烏斯少爺這樣說完後有氣無力地笑了，快步朝向自己房間走去。

艾莉絲夫人一臉擔憂地跟在他身後。

留下來的，是愛夏與塞妮絲夫人。愛夏的表情雖然一臉沒好氣，但不知是不是心理作用，塞妮絲夫人看起來很開心。

「愛夏，妳有把事情做好嗎？」

「……稍微搞砸了。」

我搞錯了。她不是在鬧彆扭，而是感到消沉。

真意外。愛夏這孩子從以前就鮮少犯錯。就算犯錯，也會敷衍了事，打算草草帶過。

然而，她居然會如此老實坦承失敗……雖然我一直以為她還是小孩，但或許也稍微像個大人了呢。
「犯了很嚴重的錯嗎？」
「不，哥哥立刻幫我解決了。」
「……」
那麼，還有什麼狀況嗎……更何況魯迪烏斯少爺還擺出那種表情……
不，既然他表示待會兒願意說明，就等吧。
當務之急，是照顧剛剛到家的塞妮絲夫人。
「……？」
一這樣想，塞妮絲夫人便把臉轉向這邊。
然後，以感覺很愉悅的心情把手伸向我。
我握住了那隻手，將塞妮絲夫人帶回房間。

後來過了傍晚，所有家人都齊聚一堂。
在魯迪烏斯少爺的號令下，所有人到齊。
方才就在的艾莉娜麗潔小姐自不用說，就連去學校的諾倫小姐與洛琪希夫人也都在場。
當然，平時魯迪烏斯少爺完成工作返家後也會像這樣聚在一塊，但由魯迪烏斯少爺提案聚集所有人的情況並不常見。多半是愛夏與希露菲夫人主動為他著想，才總算聚集所有人。

再加上，魯迪烏斯少爺的表情嚴肅。

這肯定是有什麼重要事情。

我們一邊繃緊神經，同時聽取報告。

「我要向各位報告。首先，在米里斯的活動圓滿達成。克里夫也順利融入教團，可以暫時放心。」

儘管因為克蕾雅夫人的影響而有些波折，克里夫先生依舊按照當初的預定在教團站穩腳步，也順利成立了傭兵團。而且還對教團做了很大的人情，更成功拉攏神子大人成為奧爾斯帝德大人的伙伴。

就算說是巨大成功也不為過。

聽到克里夫先生在米里斯占有一席之地，艾莉娜麗潔小姐也鬆了口氣。

然而，問題是在之後發生的事。

「基斯是人神的使徒。」

基斯。保羅老爺的前隊友，魔族盜賊。

據說是他引發這次的混亂，最後離開前還與魯迪烏斯少爺宣戰。

就算聽說基斯變成敵人，我一瞬間也沒能反應過來。

我當初與他一起移動到貝卡利特大陸，後來相處過很長一段時間。當時，他也一直擔憂著保羅老爺與塞妮絲夫人。此外在我的記憶當中，他對蒐集情報以及探索迷宮方面，是以認真且真誠的態度做足準備。
基斯為了拯救洛琪希夫人與塞妮絲夫人，行動時不留餘力。
像是招攬本領高強的戰士加入隊伍，或是將自己繪製的地圖幾乎以免費賣出，也默默地幫助因為意志消沉而自喪頹廢的保羅老爺。
聽到這樣的他，其實是為了陷害魯迪烏斯少爺與洛琪希夫人而行動，著實令人難以理解。
「我收到要通緝他的聯絡後就這樣想……會不會是有什麼誤會？」
洛琪希夫人這樣說道。
她也是探索迷宮的老手，很敬佩基斯的能力。認為除了戰鬥以外的部分，沒有人像他那樣可靠。
「可以的話……我也希望是有什麼誤會。」
魯迪烏斯少爺邊露出苦笑邊說道，然後從懷裡取出一封信。
洛琪希夫人接過信一看，平常總是一臉倦意的表情頓時蒙上一層陰霾。
可是，她似乎馬上就接受了這點並點了點頭，將信遞給我。
此時，我才總算明白了。
信的內容是以輕浮且嘲弄的口吻所寫，可是卻莫名地留有一種原則，著實有基斯的風格。
其實他並不憎恨魯迪烏斯少爺與洛琪希夫人，也並非打從一開始就想陷害他們。
雖然成為敵人，卻無冤無仇，大概是這種感覺吧。

「平常明明很隨便，偶爾卻又會做出這麼紳士的舉動，確實是很有基斯的風格呢……」

艾莉娜麗潔小姐嘆了口氣，同時這樣說道。

仔細想想，以前待在阿斯拉王國的後宮時，這樣的情況也是屢見不鮮。

在權力鬥爭激烈的那個國家，儘管彼此並不是真的有過節，卻很常見到某些人互相成為仇家。

只不過當時有個風潮，就算成了敵人也要堂堂正正地戰鬥。

這封信，或許就是遵照了那種精神所寫。

「雖然對曾受過基斯關照的大家很過意不去，但是，我恐怕得與基斯戰鬥……而且得殺了他。」

這樣宣言的魯迪烏斯少爺，表情看來十分苦澀。

魯迪烏斯少爺雖然看起來那樣，但其實他非常敬重基斯，據艾莉絲夫人所說，他們的關係要好，甚至會以「前輩」、「新來的」這樣的叫法稱呼彼此。

基斯也是，他會把魯迪烏斯少爺的活躍當成自己的事蹟到處宣揚，想必很喜歡魯迪烏斯少爺才是……

最痛苦的，說不定是魯迪烏斯少爺。

「魯迪……」

希露菲夫人看到魯迪烏斯少爺的表情，好像也不知道該說什麼才好。

「那個基斯居然……」

洛琪希夫人的表情也是一臉嚴肅。

她也和我一樣曾與基斯組過隊，受過他不少關照。

可是，洛琪希夫人似乎很快就下定決心，神情看起來並沒有很迷惘。

她的表情反而是在表示，既然魯迪烏斯少爺在猶豫，那就要由自己動手。

「不管怎麼樣，我應該又會暫時離開家裡一陣子。雖說有雷歐的加護，但不清楚基斯會有什麼動作。麻煩大家也要千萬小心，避免自己遭遇危險。」

最後，魯迪烏斯少爺以這句話總結。

當然，不需要他明說，我們也不打算成為魯迪烏斯少爺的弱點。

為了讓魯迪烏斯少爺能安心戰鬥，自身的安危自是當然，我們全家更是會同心協力，守護這個家庭。

沒有察覺我們的決心，行動時總是不時掛念著我們的安危，雖然是魯迪烏斯少爺的優點，但沒有受到他仰賴，也確實令人稍稍感到落寞。

以魯迪烏斯少爺的級別來看，我們的存在或許顯得很柔弱吧。

「明白了。魯迪，既然基斯成了敵人，就不是顧慮工作的場合。如果有什麼需要我做的，請你通知我一聲。」

「我也是，雖然身體現在不方便行動，但我會協助魯迪。」

洛琪希夫人與希露菲夫人一如往常堅決說道。

「當然！」

「嗯！」

「我知道了。」

艾莉絲夫人與愛夏也表現出理所當然的態度。

諾倫小姐雖然有些不安，但依舊用力地點頭。

「雖然我力有未逮，但也會注意別讓自己變成絆腳石。」

想當然，我也是這樣回答。

若是沒有膝蓋的舊傷，或許能更有自信地回答，但現在這樣回答已經是我的極限。

「謝謝妳們。剛才也說過，我想暫時又得離開家裡一陣子，總之家族會議就先到這……」

「啊，哥哥。」

當魯迪烏斯少爺正打算宣布解散時，愛夏出聲提醒。

「還得把塞妮絲夫人的事告訴大家。」

「噢，差點忘了。」

塞妮絲夫人的事。聽到這句話，我感覺自己全身僵硬。

同時，我想起剛才並沒有提及愛夏支吾其詞的失敗經歷。

我不由得緊張起來。可是，魯迪烏斯少爺卻莞爾一笑。

「其實，我已經知道母親的詛咒是怎麼一回事了。」

看樣子並不是失敗經歷，而是好消息。

「她被施加了能讀取對方內心的詛咒，雖然好像並不是能看穿一切……不過，她似乎很清楚我們的狀況。」

魯迪烏斯少爺這樣說完，把從神子大人那聽到的事情告訴了我們。

他接下來所說的內容，是塞妮絲夫人所看到的世界。聽到這段話時，我已忍不住落下淚水。同時，一直以來的生活點滴，也有如排山倒海之勢在眼前湧現。

仔細想想，有許多事情都讓人有頭緒。

她不僅會主動幫忙整理庭院，在露西小姐還小的時候，也曾經好像事前就知道她會哭泣似的，率先採取行動。

而且，令人驚訝的是……

塞妮絲夫人連保羅老爺的事情也一清二楚。

我們一直以為她應該不知道保羅老爺已經過世的事實。

認為一旦她記憶恢復，心裡肯定會很難受。

可是，塞妮絲夫人卻知道這一切。

而且她接受了這個事實，積極面對未來。

一想到這點，我便止不住淚水。

「莉莉雅小姐……」

「對不起……魯迪烏斯少爺……」

所有人都強忍淚水，唯獨我一人捂著臉不斷啜泣。

總覺得，我最近很容易流淚。年輕時明明幾乎沒什麼哭過。

我以為自己是個沒有那麼傷感的人。

這就是所謂的上了年紀吧。

愛夏撫著我的背安撫著不斷哭泣的我，哭完之後，這次換塞妮絲夫人開始撫摸我的頭，害我又哭了。

★魯迪烏斯觀點★

跟家人報告完了。

與其說一如往常得到了滿意回答，這次的回應更令人信賴。

尤其是莉莉雅及洛琪希，她們對基斯應該有許多想法，可是並沒有抱怨或對此面有難色，而是支持我與基斯戰鬥。

接下來，該去札諾巴那邊。

既然要前往王龍王國，也必須先知會他一聲。

想必札諾巴對此應該也有自己的考量。
於是艾莉絲、希露菲與洛琪希跟我一起行動。
我們搭乘傭兵團旗下的馬車移動，前往札諾巴商行。
與札諾巴交談的內容，是關於魔導鎧的升級計畫。
「——那麼，札諾巴，魔導鎧的部分就麻煩你朝這個方向改進。」
重啟「三式」的開發。
除此之外，還要再準備一個撒手鐧。由於基斯已經看過我的魔導鎧，很可能會做出某種對策，所以我想再準備一個手段。
「明白了，師傅。這邊的工匠也增加了不少，應該沒問題。」
「既然這樣，我也來幫忙吧。」
聽到我的方案後，札諾巴拍著胸脯表示「交給我」。
此時介入對話的是洛琪希。
「我這幾年來也增加了不少有關魔法陣的知識，應該能幫得上忙。」
幫忙啊。這樣確實很令人感謝，但不要緊嗎？
老實說，現在的魔導鎧構造之複雜，就連我也只能進行組裝或是整備。
「不要緊嗎……如果只是稍有涉獵，我想應該頗有難度。」
「唔，魯迪。你以為自己是在跟誰說話呢？」

「失……失禮了！」

我瞬間頓悟了真理！

根本沒有任何事難得倒洛琪希老師！

我在說什麼啊。根本是個笨蛋啊我！真是的，乾脆死死算了！

「我可是為了魯迪而一直在學習喔。看了克里夫與札諾巴的研究資料，想說這樣就能協助你整備或是改良……」

「老師……」

話說回來，她在西隆時也有辦法描繪火聖級的魔法陣……

或許那也並非原本就會，而是回到魔法大學之後鑽研魔法陣才得到的成果。

「我明白了。攸關我性命的魔導鎧，就託付給老師了！」

「我會不負所託。」

我以為如果克里夫不在，肯定沒辦法繼續推動魔導鎧的研究，真是令人開心的誤判。

既然是洛琪希所做的鎧甲，心裡就踏實了不少。

即使素材是用瓦愣紙做的，我也會用它一次解決三個奧爾斯帝德給老師看。

「不過，我畢竟比不上克里夫，請別抱太大期待。」

儘管嘴上這樣說著，洛琪希卻挺起胸膛。

看來她很有自信。說不定早就構想好該如何改良。

「哈哈哈，果然比不上師傅的師傅啊！」
札諾巴這句話，令現場充滿了歡笑。
「好啦，札諾巴，我今天並不只是為此而來。」
「哦。這麼煞有其事，請問是什麼事呢……莫非，師傅知道本人前幾天得到了有趣的人偶？哎呀哎呀，那可是很不錯的收藏啊。人偶使用了特殊素材。手腳可以自由轉動……」
「我要去王龍王國。」
聽到我這句話，札諾巴頓時噤口不言。
「我要與藍道夫接觸。你會去吧？」
札諾巴握住了我的手。
強而有力地緊緊握著。多虧有札里夫護手，雖說讓我感到一股寒意，可是卻不會握爛我的手，力道拿捏得恰到好處。
「師傅，謝謝您。」
不用道謝了，先說你到底去還是不去啦。
「本人立刻準備。」
意思是你會去吧？好。
也對，札諾巴很久之前就說過要拓展到王龍王國時，要向他說一聲。
他當然會來。

因為他一直很在意帕庫斯的遺腹子。

「冷靜點，不是現在立刻動身。」

「哎呀，失禮了……那麼，本人先把店裡的交接事務先處理妥當。話是這樣說，但本人幾乎沒有工作！」

札諾巴哈哈大笑。

札諾巴商行的規模日益擴大。不論店鋪還是社員都在持續增加，基本上是由當地職員打理一切。札諾巴身為公司領導者，他的工作目前逐漸變為對大型企畫做出最終決定、面試幹部，以及確認各地工坊的品質。

畢竟札諾巴商行本身就像是我們奧爾斯帝德股份有限公司的子公司，決策也可以由其他人執行。嗯，講白點，他要做的事情真的很少。

「嗯，麻煩你盡早準備吧。」

「了解。」

在這樣的對話後，我便與札諾巴道別。

畢竟這次並不是在出了什麼事後才前往現場，我認為不會有任何事發生……

不過，以至今的例子來看，被牽扯進事件的可能性也很高。

意外撞見打算拉攏藍道夫的基斯……雖然不太可能會有這種事發生，但還是做好充分警戒吧。

歸途。

「……」

有名人物很安靜。

是艾莉絲。她一臉心事重重地從馬車裡望著窗外。

是想起了與基斯之間的回憶嗎？

不管怎麼說，在大森林相遇的時候，艾莉絲就與基斯混得很熟。印象中她還曾經要求基斯教她煮飯。

儘管艾莉絲與許多人都處不來，但基斯卻是能夠配合她的傢伙。

「……？」

突然，希露菲緊緊握住我的手。

「魯迪，你沒事吧？」

「……咦？嗯，我沒事。」

雖然我並不清楚是怎麼個沒事，總之先這樣含糊回答。

雖然與基斯有關的事情對我造成很大打擊，但就算這樣，沒事就是沒事。

希露菲的肚子比起塞妮絲回米里斯神聖國的娘家之前，又稍微大了一些。

發現她懷孕時是三個月左右，從那之後約莫過了一個月半……再多估一些，現在大約五個月吧？

「希露菲，妳覺得如何？」

「我和大家不同，與基斯先生並不熟。」

「這樣啊。」

雖然我問的並不是那個意思，可是懷孕的事情也沒有搬上話題，應該不要緊吧。

畢竟是第二胎，想必她也綽有餘裕。

不過還是得小心謹慎。

以前人神也曾說過。懷孕時會導致命運曖昧，最適合下殺手什麼的。

這畢竟是人神的片面之詞，況且我也遵照奧爾斯帝德的吩咐召喚了守護魔獸。

所以應該不要緊，但果然還是會感到不安。

該怎麼辦好呢？

希望再多一個能讓我安心的依據。沒有事情是我能辦得到的嗎？

我應該把自己能做的都做了……

啊。

「在解決基斯這件事之前，我打算禁慾。」

脫口而出的話，無法想像是從我口中說出。

希露菲的表情愣住、洛琪希一臉呆然、艾莉絲則是斜眼盯著我，三個人各自以不同反應看著我。

「呃……如果魯迪想這麼做，我是沒關係……啦？」

「是沒關係……這是某種祈願儀式嗎？」

「之前我或許曾說過，懷孕的時候，好像會容易被人神盯上，我在想基斯說不定也會瞄準這個時機，所以打算先暫時不做。」

她們擺出一副初次耳聞的表情。我之前沒講過嗎……也有可能是我講過但她們忘了。畢竟人的記憶起伏很大。

「好吧。」

艾莉絲雖然看起來不滿，但並沒有反對。她把視線重新投向窗外，同時低聲說道：

「可是，我不認為魯迪烏斯能遵守那樣的誓約。」

這句話真是尖酸刻薄。

我的下半身似乎沒有任何信用。

其實連我自己也不信。雖然現在很冷靜，但子彈上膛就會想發射，這就是男兒心。

而且，一旦扣下扳機，自然是一發不可收拾。

「我也不認為希露菲能拒絕。」

「嗚……既然魯迪說想這麼做，那我就會好好遵守。」

「騙人。要是魯迪烏斯說『一下下就好』，那妳就會說『既然只是一下下』，允許他這麼做吧？」

「……會。」

如果只是摸摸或許可以，如果只是透過擁抱來補充能量……

「一下下就好」這種想法反而要命。

「所以，我會隨時待在魯迪烏斯身邊，要是他想做什麼就用揍的來阻止。」

要是我打算做色色的事情，艾莉絲就會揍我。

我會失去意識。醒來時忘得一乾二淨。

完美。

「拜託妳了。」

好，從今天開始，我就是禁慾的魯迪烏斯。

很強喔。

第二話「藍道夫的煩惱」

要前往王龍王國的，敲定是我、艾莉絲、愛夏、札諾巴以及茱麗五個人。

原本其實沒有預定要帶茱麗一起，可是她緊緊抓著札諾巴的腰堅決不放手。

看樣子，由於在西隆王國的那件事，她似乎下定決心這次自己絕對要一起跟去。

仔細想想，在阿斯拉王國成立札諾巴商行的分部時，她也理所當然地跟著。

感覺得到她對札諾巴的愛。

ＹＯＵ，乾脆交往啦ＹＯ。儘管我是這樣認為，但札諾巴好像沒那個意思。

畢竟札諾巴從前也因為結婚經歷了風風雨雨，想必事情並沒有這麼單純。

金潔或許是看到了這幕景象，她決定不跟去，而是自願留在札諾巴商行的本部顧店。她再三拜託我照顧札諾巴。

不管怎麼樣，到時會讓愛夏與茱麗各自努力去設立魯德傭兵團以及札諾巴商行的分部。

而我們要在這段期間，與藍道夫接觸。

如此這般，我們來到了王龍王國。

一如往常，我們先以轉移魔法陣移動到附近，再從該處徒步前往王龍王國的王都。

王都維邦。

不知已經睽違了幾年才再次造訪這個城鎮。

許久未見這個國家的首都，給人的印象雜亂無章。

建築物的高度參差不齊，人們的打扮也不統一。鎮上沒有做好城市規劃，貴族宅邸的附近還有適合冒險者居住的旅社。劍神流道場的對面就是北神流的道場，後面則是水神流的道場。

這國家雜亂無章，絲毫沒有任何統一感，然而卻充滿活力。

儘管歷史悠久卻沒有格式。是崇尚實力的帝國主義國家。

雖然我認為這國家並不壞，但畢竟是國家，想來也會做些壞事。

我抵達了這樣的國家後，只在旅社休息一天，便立刻前往王城。

在前一天，我也沒有忘記要與藍道夫及班妮狄克特敲定會面行程。儘管班妮狄克特在這個國家似乎並沒有受到禮遇，但終究還是王族。要是對她不敬，別人有可能會認為我瞧不起全體王族。

嗯，就算沒有任何人那麼認為，依舊得顧及體面。

畢竟國家就類似流氓，隨時都在尋求找碴的藉口。

如此這般，我來到王龍王國的王城。

映入眼簾的王城既不及阿斯拉王國那般巨大，也不如米里斯那般洗練。

藉由頻繁擴建導致上下左右顯得擁擠不堪的景觀，只能以異樣形容。

整個建築物就像是在表示「因為有需要才加上去」那般，流露出雜亂無章的粗鄙感。

然而或許是這樣的結果使然，反而醞釀出一種難以言喻的存在感。

萬一考慮要攻進這裡，勢必會被那股存在感震懾而躊躇不前。
不過，這次我並沒有被嚇到。因為我本來就不打算攻進這裡。
總之，我事先準備了配得上前往王城的漂亮衣裳及白馬馬車。
再來就是按照預定自然地進入王城，在對方帶領下移動到班妮狄克特的房間。
「很多人在看呢。」
我們在城內人士的帶領下走在城內。
果然很顯眼嗎？身穿貴族服飾的人及疑似騎士的人都目不轉睛地盯著我們。
「只要表現得大方點就沒事了。」
這次，我是以藍道夫朋友的立場前來。
沒有做任何虧心事。
不對，其實有……雖然我想沒有被發現，但奧爾斯帝德是殺害國王的凶手……
萬一被發現了，到時再拜託愛麗兒關說吧。
當我在胡思亂想的時候，已抵達了班妮狄克特的房間。
「那麼，艾莉絲、札諾巴，準備好了吧？」
「嗯。」
「當然。」
「萬一死神站在敵人那邊，就交給艾莉絲與札諾巴壓制他，我趁機攤開『一式』的魔法陣，一口氣分出勝負。ＯＫ？」

「交給我！」

「本人是希望別發生這種事。」

我與艾莉絲以及扎諾巴，純粹就是戰鬥力高的組合。

這是假設要與死神為敵而考慮的陣容。如果是艾莉絲，就可以把我的前方交給她。

假如對方身邊沒有魔術師，就可以仰賴札諾巴的防禦力。

相對的，我反而有些擔心留在旅社的愛夏與茱麗……可是我無法提供總是安全的場所與時間。只能祈禱她們在這大約半天時間能平安無事。

好啦，上吧。

★　★　★

眼前的房間以王城來說很簡陋。

必要最低限度的大小，以及必要最低限度的侍女。

「久違了，魯迪烏斯先生。」

還有，世界最高級別的護衛。

死神藍道夫・馬利安。

猶如幽鬼的他，站在抱著嬰兒的主人班妮狄克特身邊守護著他們。

「……」

班妮狄克特一看到我，便抿緊嘴唇，以一臉快哭表情抱緊嬰兒。

總之比起藍道夫，我決定先與她打招呼。

因為我認為這才合乎禮儀。

「班妮狄克特大人，您別來無恙吧？」

「……」

沒有得到回應。

不過，或許這也是情有可原。

儘管她事後應該也聽說了當天那件事的來龍去脈，但是在那之前，她應該也從帕庫斯那邊聽過我與札諾巴的事情。

我實在不認為帕庫斯會幫我與札諾巴說好話。

「久違了。班妮狄克特大人，札諾巴叩見。」

此時，札諾巴走到前面。

迅速拉近臉龐，是他一如既往無視現場氣氛，拉近距離的方法。

班妮狄克特退到後方，藍道夫走向前面。

「貴公子看起來似乎也很健康，實在是再好不過。」

「……………」

但是，札諾巴沒有停下腳步。

藍道夫投以困擾的視線。

不過，我希望他看看我這邊。我好歹也有拉住札諾巴的肩膀要把他拉到後面。

只是完全拉不動。

「哎呀？難道是貴千金？」

班妮狄克特緩緩搖頭。看來是男孩子沒錯。

「可以請教他的名字嗎……？」

「……帕庫斯。」

「他承襲父親的名字，叫帕庫斯二世。」

藍道夫補充說明。

與父親取了相同名字。想必會被叫帕庫斯Jr.或是小帕庫斯吧。

原來如此。這是好事。

我下一個兒子，或許可以取為魯迪烏斯Jr.。

不，還是算了。很可能會成長為色狼。

「原來如此，實在是個好名字。想必能長得與父親同樣健壯吧。」

「……」

儘管札諾巴一臉開心地這樣說道，但班妮狄克特卻在畏懼。

「唔嗯……看來讓您受驚了。實在抱歉。本人從以前開始，就有令人畏懼的特性。但本人並沒有惡意，請您原諒。」

札諾巴這樣說完後便退到後方，但氣氛依舊很尷尬。這樣可不行。

「呃……啊，對了。今天要向兩位介紹我的妻子。」

此時，艾莉絲走向前方。

「我是……艾莉絲．格雷拉特。」

艾莉絲動作生硬。看來禮儀規矩課程所學的，已經完全沒留在她的小腦袋。搞錯人選了。早知道會這樣，應該帶開朗且和藹可親的愛夏來才對。

不對，這樣假如藍道夫是敵人就嚴重了。

「…………」

班妮狄克特沒有回答。

只是一臉不安地抬頭仰望藍道夫。

「在我的記憶當中，魯迪烏斯先生的妻子應該是魔族才對？」

因此，回答的人是藍道夫。儘管他不顧主人侃侃而談，但既然主人沉默不語，不說話反而有失禮節。

「我有三名妻子，洛琪希是其中一人。」

「哎呀哎呀……對米里斯教來說應該是很難容忍的事呢……」

「我當神父的朋友有事沒事就會因此對我說教。」

說到這，我鄭重轉向藍道夫。

「好久不見，藍道夫先生。」

他依舊沒變。

長相猶如駭骨，神情愁眉不展。站姿乍看之下破綻百出，然而卻是無機可趁。

這點只要看艾莉絲嘟著嘴便一目了然。

「您看起來精神不錯。」

「是，你說得沒錯。我一直都很有精神。反而是魯迪烏斯先生看起來似乎沒什麼精神。」

「因為熟人變成了敵人。」

「我明白。我在年輕時也曾面臨不得不斷殺朋友的局面，令我為此深深感到煩惱。」

藍道夫嘴上這樣說著，卻很在意艾莉絲的舉動，不時瞥向她。

他邊點頭稱是邊移動身體，走到她與班妮狄克特中間，緩緩移動身體位置。

「艾莉絲，妳能再往後退一兩步嗎？」

「為什麼？」

「因為藍道夫先生似乎不太放心。」

艾莉絲已進入可以攻擊藍道夫的距離。

而且還是為了避免我被夾在她與藍道夫之間，一點一點地移動位置。

兩個人就像是在測量彼此距離的武者那般，緩緩地以弧線移動。

再這樣下去，一旦彼此站到最適合出手的位置，戰鬥很可能一觸即發。

「可是，這傢伙說不定也是敵人。」

「如果是敵人，不會讓艾莉絲帶著劍進來這個房間。」

要補充說明的話，肯定也不會讓班妮狄克特待在這個房間。沒理由把要守護的對象置於身後，與有劍王陪同的魔術師戰鬥。

理論上要不是一個人伏擊我們，就是帶好幾個人嚴陣以待。

當班妮狄克特在這個房間的當下，就幾乎可以確定藍道夫並不是敵人。

雖然班妮狄克特也有可能是影武者喬裝的……

不管怎麼樣，我想如果是陷阱，應該會設得更巧妙。

不過，說不定他的目的放在更久以後的將來，現在有可能還在欺騙我們，不過要是一直猜測下去可就沒完沒了。

既然他目前並沒有設局陷害我們，暫且還是信任他吧。

「……我知道了。」

艾莉絲一臉不甘心地退到入口附近。

不過手還是按在劍柄上。

「非常抱歉，魯迪烏斯先生。」

「不會，我反而希望你不要介意。可是，現在確實有些分身乏術……」

「與你剛才提到的朋友有關嗎？是否能讓我冒昧請教？」

「當然。畢竟我就是為此而來。」

我告訴他在米里斯神聖國發生的事。

與名為基斯的魔族為敵的事。儘管基斯毫無戰力可言，但嘴上功夫十分了得的事。

他正靠著三寸不爛之舌及人神的花招，聚集強者的事。我為了要除掉那個基斯，請求各國發出通緝，同時打算召集檯面上的強者為伙伴的事。

「你的做法非常正面而且直接呢。」

「因為我想不到更好的應對方法。」

「不不不，我這是在誇獎你。要是老實地慢慢擊潰對方的小技倆，到頭來就算再聰明的人也會想不出妙計。」

藍道夫發出了喀喀喀的笑聲。

那是他自己的經驗之談嗎？感覺不死魔族那群人對這部分有豐富經驗。

「總之就是這麼一回事。還請讓我借重你的力量。」

「雖說我很想說義不容辭，但我沒有幫助你的理由。而且我不太想與人神扯上關係。」

「……就算人神是帕庫斯陛下的仇人也一樣嗎？」

「哦？這是什麼意思？還請詳細告訴我。」

我將西隆王國那件事是人神一手策劃一事告訴了他。

使徒是誰，他是如何行動。藍道夫聽到最後，笑了。

不舒服地顫動顴骨，喀喀喀地笑了。

「既然這樣，那當然沒問題。畢竟我也想為陛下報仇……」

藍道夫一邊笑著一邊這樣說道。

因為長相毛骨悚然，看起來就像是在「思考如何背叛」的臉，但是以長相判斷一個人並非好事。

不過，事情發展得很順利。就照這樣……

「雖然我想這麼說……但是我們這邊也稍微有些分不開身。」

噢，看來是沒辦法順利進行的模式。

「可以請教一下嗎？」

「呵呵，與剛才的立場相反呢。」

被他如此自信滿滿地一說，感覺簡直就像是我被逼入絕境。

這是藍道夫獨有的隨和對話技巧嗎……

「這種話請在占有優勢時說。」

「當然占有優勢。你想借助我的力量吧？」

確實算是優勢。因為目前來說我必須聽他的要求。好啦，他會提出什麼樣不合理的要求呢？還是說這才是基斯的策略嗎？

「沒什麼，其實也並非是什麼大事。」

藍道夫往後退了一步。

從保護著班妮狄克特的位置，移動到讓我可以看見她的位置。

班妮狄克特抱著嬰兒。她的表情看起來像是在畏懼著什麼。

「相信各位也知道，這個國家正處於有些混亂的狀況。」

王龍王國的混亂。

那是在西隆王國那件事時，奧爾斯帝德殺害了王龍王國的國王所引起的。

話雖如此，前任國王也對這類事態早有防範，已事先選定新的繼承人。

下任國王立刻挺身而出，帶領王龍王國逐漸恢復安定。

然而，那終究是檯面上的狀況。

前任國王是遭誰殺害？

其他國家的人？或者是宮裡的人？不論凶手還是目的都無從得知。這種狀況下就算說場面話，宮中也絲毫不算團結，因此而開始疑神疑鬼的這群人，在提心吊膽的情況下為政。

「混亂本身雖然與我們沒有直接關聯……但是王妃殿下的孩子卻被視為礙事的存在。」

藍道夫心裡惦記的，果然是帕庫斯的兒子。

班妮狄克特雖是前任國王的女兒，卻幾乎算被打入冷宮，到最後甚至像是要擺脫麻煩那樣，賜給了西隆王國的帕庫斯王子。
不過，這其實也並非壞事。
派不上用場的公主有了用途。僅此而已。
但是，與她結婚的帕庫斯王子死於內亂。而且班妮狄克特還生下那名王子的子嗣，事情就另當別論。
在西隆王國，討伐帕庫斯的那群人正在腳踏實地重整國家。
儘管現在並沒有餘力出手，但他們恨著帕庫斯。
恨著將自己景仰的王族趕盡殺絕的帕庫斯。
「依我個人的看法，那個國家在重整之前就會遭到北方國家併吞，但有許多人為此感到不安……」
王族的血統是比任何事物都麻煩的存在。
在西隆這樣的國家，會根據「是否流有國王的正統血統」，來決定是否能坐上王座。
因此，站在目前治理西隆的那群人的立場來看，帕庫斯的孩子依然存活的這個現狀並非好事。只要再過幾年，等西隆王國安定下來，想必他們會要求王龍王國交出班妮狄克特的孩子。
為了顧及西隆王國與王龍王國之間的友好。
話雖如此，小帕庫斯好歹也是前任國王的孫子。

從屬國提出要求，就雙手一攤乖乖奉上，勢必會影響到國家體面。

話雖如此，要是不答應這個請求，與西隆之間的關係就會惡化……

基於這樣的前提，似乎有人私下行動，打算先排除不安的種子。

換句話說，就是在對方提出要求前先殺掉小帕庫斯。

咦？你們想要那個孩子？這樣啊，真可惜，那孩子出意外死掉了。為什麼會發生意外？這個嘛，應該不用多說吧？這樣。

這樣一來，就可以同時保住王龍王國的西隆王國的體面。

到最後，只有藍道夫會沒面子。

「難道他們不惜與死神藍道夫戰鬥也想殺掉他嗎？」

「似乎有許多人認為比起與我個人戰鬥，更應該避免與一個國家開戰。除此之外也有許多不安要素……不過，我既不明白政治，最近這陣子也忙著護衛班妮狄克特大人，並不理解詳細狀況。」

嗯，我想也是。

目前，王龍王國的政治中樞正處於混亂當中。其他國家自然不會放過這個機會。

就算表面上不會對王龍王國發動攻擊，但舉例來說，可能會對從屬國稍微施壓之類——這樣的狀況也有可能發生。

在這種狀態下，一旦作為北方防波堤的西隆王國變成敵人……想必也有許多人對此感到不安。

只是我反而會覺得與眼前的藍道夫為敵更加可怕。

「只要有我在，暗殺者之類根本沒有意義。他們似乎並不是很清楚這點。」

「暗殺者嗎？」

「是的，來了許多人。不知道要與我戰鬥，來到這裡後一臉鐵青的人、哭著求饒的人、當場就窩裡反的人。」

「哎呀討厭真可怕……」

這件事我曾聽奧爾斯帝德提過，七大列強之一的「死神」藍道夫・馬利安人如其名，在殺手業界遐邇聞名。

他被這樣形容──一旦與他為敵，就算是殺了雇主也得逃命。

話雖如此，那些受僱者恐怕不知道這件事。

不難想像那些一無所知地來到現場，撞見死神的殺手們有何感受。

很害怕吧，我挑戰奧爾斯帝德時也是那樣的心情。

「有客人來訪是不要緊，不過照這樣下去，這孩子的將來就……你懂吧？」

就算藍道夫打倒再多殺手，狀況也不會好轉。

畢竟接下來等著他的，是西隆王國要求將他交出的命運。

若是拒絕此事，他在國內的風評就會惡化；要是把他交給對方，先不論是什麼樣的形式，但最後肯定會遭到處刑。

不論狀況如何發展，小帕庫斯都沒有辦法過上安穩的生活。

說是這樣說——

「就算我能解決這件事，到頭來在與基斯決戰的時候，藍道夫先生應該也無法陪同吧？」

「嗯，是沒辦法……不過，王龍王國內的盟友對你來說也是必要的吧？」

「……」

「若是拉攏我成為伙伴，可是非常可靠喔。大家都一致認同我是個可以信賴的人。說不定還會附上其他好康。」

「我想也是。」

藍道夫不會站在我身邊戰鬥。

但是反過來的情況卻很有可能。他很可能遭到人神或是基斯的花言巧語哄騙，以敵人身分參戰。

說不定就算現在幫助他，之後也有成為敵人的可能性……

「藍道夫先生。」

此時，札諾巴站到前面。

「不需要拐彎抹角地說出條件。本人雖已不是王族，但與那位皇子有血緣關係，是其父親大人的屬下。與王龍王國的權力鬥爭也絲毫沒有關聯。既然你說自己正在傷腦筋，出手相助也是理所當然。」

嗯，也對。

之後或許會變成敵人，但話雖如此，也沒有見死不救的選項。

光是要求回報，不會有人願意跟隨。

「班妮狄克特大人。」

札諾巴單膝跪地，重新面向班妮狄克特。

儘管跪在地上，札諾巴的臉依舊與坐在椅子上的班妮狄克特在相同位置。

札諾巴與她四目相接後，如此說道：

「本人是帕庫斯的哥哥，那麼也就是妳的哥哥。請問，是否願意讓本人拯救妳與皇子？」

「……」

班妮狄克特以側眼瞥向札諾巴，沉默了幾秒鐘……最後，戰戰兢兢地將手伸向札諾巴。

「……允……允許你，救我。」

「謹遵吩咐。」

札諾巴握住她的手，在手背上親吻。

雖說欲射將先射馬……但看來是漂亮地爆頭了。

哎，畢竟他就是為此而來，這也是理所當然。

況且，就算考量到利益得失，也不算壞事。

就如同藍道夫本人所說，在王龍王國裡多了個可靠的協助者這個事實依舊不變。

不只是藍道夫。像是班妮狄克特或是等小帕庫斯更加成熟之後，只要因為某種因果而獲得權力，說不定還是很划算。

這是在十年後、二十年後才會生效的楔子。

著眼未來的先行投資。奧爾斯帝德股份有限公司可是有長遠目標的企業。

算了，反正這件事也是我們社長引發的混亂。既然這樣，就得由身為部下的我設法解決。

「嗯，務必麻煩你了。」

死神明明知道這點卻不戳破，實在很惡質……

總而言之，就這樣，我與札諾巴將開始處理王龍王國的糾紛。

第三話「王龍王國的內情」

所謂事物並非那麼單純。

假設A同學霸凌B同學，那麼要說是否教訓B同學就能讓A同學得到救贖，其實多半不是那麼一回事。

只要還殘留著A同學遭到霸凌的氛圍，A同學就始終會遭到侮辱，或許會有C同學或D同學繼承霸凌的角色。

那麼，該如何讓B同學放棄霸凌？

基本上，為什麼B同學會霸凌A同學呢？

霸凌不需要理由？A同學會遭到霸凌也是有原因？

或許是這樣。嗯，起碼我在前世受到霸凌時，可能就是這樣。

這次王龍王國的案件說不定也是如此。班妮狄克特可能只是因為有魔族的血統就遭到霸凌。

假如真是這樣，我可不會輕饒。會把B同學狠狠修理一頓。

不過如果不是那樣——

B同學是因為某種外在因素而累積壓力，而將這股壓力發洩在A同學身上……

或許只要除去那個外在因素，B同學就會不再霸凌。

總之，至少在除去那個因素之後，再提出霸凌會造成什麼樣的壞處，想必霸凌事件就會積極消失。

希望B同學起碼有這種程度的智慧。

那麼，那個外在因素是什麼呢？

為了找到它，我們來到了叢林深處……改個口，為了詢問了解王龍王國內情的人，我們趕往練兵場。

據藍道夫所說，這裡有個熟悉王龍王國內情，名為夏加爾的男人。

當然，關於這個人物，我也已經事前從奧爾斯帝德那邊聽說。

他是王龍王國最重要的人物之一。

夏加爾．加爾岡帝斯。

王龍王國的「一之將」。

是與長耳族的四分之一混血，儘管粗獷的言行舉止很是醒目，卻是個本事了得的行動派。通稱「大將軍」。

據說招攬藍道夫的也是這名人物，他頻繁去拜訪沒有意願仕官的藍道夫，以三顧茅廬之禮迎他入宮，想來看人的眼光不俗。

順帶一提，他目前成為人神使徒的可能性雖然很低，然而一旦王龍王國陷入滅亡危機，機率就會翻倍上漲。

想必是個愛國者吧。

「似乎相當有活力呢。」

「是啊。」

我單手拿著藍道夫的介紹信，眺望著練兵場的風景。

因為看似祕書官的人說，如果沒有事先預約就得等到訓練結束。

順帶一提，札諾巴和我在一起。至於艾莉絲，我麻煩她去擔任愛夏與茱麗的護衛。

被猶如羅馬競技場般的階梯狀觀眾席圍繞，大約棒球場大小的橢圓形空間。

士兵在那裡以六人組成一隊，在隊長號令之下，攜手合作共同戰鬥。

至於夏加爾，他站在能瞭望全體景象的位置，命令幾名部下寫下筆記，同時目不轉睛地看著比賽內容。

他為了提高王龍王國將兵的練度，會定期在練兵場舉辦小規模演習。

或許充其量是以指揮軍隊來做推演，個別的戰鬥力並不突出。

不過，果然還是能看出一些技巧。

在具有遮蔽物的練兵場尋找敵人位置，再以手勢向己方傳達情報，包圍對手、發動佯攻，同時也抑止敵人的動作，逐步將其殲滅。

「唔嗯，那是在重現札卡利亞的戰役。」

「你看得出來？」

「從前曾經學過。那個相當於右翼的男人。那原本是水魔術師的一軍，他會在不知不覺間混進火魔術師軍的陣營，藉此讓敵軍搞錯抵抗的術式，遭到毀滅性的打擊，是很古典的替換作戰。」

「哦？」

經他這樣說後仔細一看，才發現右翼的男子避開敵軍的視線，與在後方待機的男人交換位置，穿過了左翼方向。而後方待機的男人使用魔術迎擊追趕右翼過來的敵軍……可是，卻輕易遭到抵銷，然後便遭到反擊被輕鬆打倒。

儘管他們也是很正常地使用魔術或是真劍戰鬥，不過看起來還起用了與魔法大學所用的魔法陣類似的術式，傷勢會立刻恢復。

然而，或許是有規定一旦被打倒就得被排除在外，被幹掉的人迅速地退到後方。

就這樣，一個人，又一個人被對方幹掉，最後大將被三個人所包圍，投降了。

「結束了嗎？」

看到打倒大將的那一方發出勝利歡呼，我嘿咻一聲挺起腰桿，打算朝夏加爾的方向走去。

「他們好像還要繼續。」

然而才走到一半，就有其他隊伍加入戰局。夏加爾本人也絲毫沒有移動的打算。

從成員的長相不同這點來看，想必會輪好幾個隊伍吧。

因為沒有淘汰賽表，不清楚還會再比上幾場。

說不定會一直打到太陽下山。看來到結束為止還需要花上一段時間。

「……」

好啦，該怎麼辦才好？

雖說我不討厭等待，但我其實也不想浪費時間。

沒辦法簡單就跟他見面嗎……藍道夫的介紹信，是不是太沒效果啦？

是說，讓我看這個演習場景不要緊嗎？該不會是國家機密什麼的吧……

不過好像也沒有要把我們趕出去，應該不要緊吧。

「嗨，可以坐你旁邊嗎？」

此時，我旁邊傳出聲音。

我邊轉頭邊抬起來仰望，眼前是個淡金髮，蓄著些許鬍鬚，大約四十歲出頭的男人。感覺是個過去給人的氛圍有些輕佻，但現在已經變得較為穩重的類型。

總覺得好像在哪看過，但實在想不起來。

奧爾斯帝維基百科的情報雖然豐富，但沒有圖片。不聽名字沒辦法了解是什麼樣的人物。

總之，既然他在王龍王國的王城，代表他是貴族或王族，再不然就是騎士。

雖說是在王城，但我不認為王族會沒帶護衛隨侍在側到處閒晃，是貴族或騎士嗎？從他沒有佩劍這點來看是貴族吧？因為身邊沒有護衛或是隨從，應該是底層的吧。

「嗯，請坐請坐。反正也不是我的位子。」

總之與其詢問名字，先稍微和他聊聊。萬一對方是大貴族，光是不知道名字也有可能構成失禮的原因。

「不好意思。」

男人在我旁邊坐下，眺望練兵場的方向。

「這個訓練方法不錯吧？」

「是的。不過話雖如此，我也不是很清楚內容。」

「這是我國引以為傲的訓練法。」

「如果是模擬訓練，我想每個國家都在實行。」

雖然潑冷水不是好事，但阿斯拉王國也有在做類似的訓練。

雖說規模要再稍微龐大一些，沒辦法這樣輕鬆就展開訓練，不過指揮軍隊的人員，平時應該會使用類似將棋的物品持續精進。

「你是這樣認為嗎？」

「難道和其他國家有與眾不同之處？」

「是的。比方說現在擔任西軍大將的那位，是地方貴族的長子。考慮到他原本的身分，其實不應該就任那樣的地位。就算有，也頂多是在自己的領地指揮旗下士兵打保衛戰的時候。」

「哦？可是，他現在正擔任大將。」

「因為會按照順序，讓所有將兵演練過所有配置。」

就是所謂的輪替嗎？

照這樣說，這個訓練的目的是讓人學習一旦被安排到自己平常不會擔任的位置時該有的基本行動，同時也是為了學習那類位置有效率的行動方法嗎？

了解道理，與自己實際站在那個職位行動有相當大的差異，這個訓練相當合理。

「原來如此。這樣一來，就能知道自己擅長哪個位置。」

「就是這麼一回事。」

「不僅如此，也能找出像他這樣的人才。」

眼前，西軍正壓制著東軍。

是歸功於地方貴族的年輕長子指揮得宜。就算以外行人的眼光來看，他的指示也是正確又不多餘。非常腳踏實地，不仰賴奇襲或是奇策，打出一場穩定的戰鬥。

「而且，我國的配置不會因為地位而定。」

「噢。」

也就是說，就算是像他一樣的地方貴族，在實際作戰時也有擔任大將的可能性。

也對，難得像這樣找到人才，若是沒辦法確實配置，也等於無用武之地。這也是理所當然……

不過這種事情很難實現，正是封建制度的難處。

「在阿斯拉王國，沒辦法做到這種事吧？」

「說得也是。雖然我也不是很清楚。」

前陣子，愛麗兒曾讓我看過阿斯拉王國軍的演習。

當時在旁邊的路克不厭其煩地為我說明，但是在阿斯拉王國，會根據貴族的地位而決定所有安排的位置。如果是伯雷亞斯·格雷拉特就在本陣的右前方之類。

據說從前拉普拉斯戰役時擔任軍師的人想出了這套配置，後來就這樣以傳統繼承下來。

當然，也有許多陣形直接導入了當時的價值觀。

儘管乍看之下華麗浮誇，但實用性卻是零。

拉普拉斯戰役之後，沒有發生大型戰爭反而造成了弊害，路克為此感嘆。

相對的，如果是王龍王國這樣的做法，便能將各個指揮官配置到最適合的位置。

配置在右翼的是擅長攻擊敵方側邊的人。擅長從正面對決的人、以及擅長指揮魔法兵，在正確時機施放魔術的人。

各自都了解自己的拿手領域，並能接受這個職責完成任務。

確實，阿斯拉王國無法這麼做。

儘管路克也說過日後將會慢慢改善，但想要改變長年的傳統自然得耗上時間。就算那是已經老舊且難以運用的知識也是如此。因為一直以來這樣子都沒有問題。

「你是為了學習這套訓練方法才來到這個國家？」

說完這句話，我感覺男子的目光閃出銳利光芒。那是試探的眼神。

這該不會是那個吧？他懷疑我是間諜還是什麼嗎？

看樣子，他已經完全看清我並不是這個國家的人。畢竟他從剛才開始就一直拿阿斯拉王國做比較說三道四。

「不，他的姪子是這個國家的人。」

我說完這句話後指向札諾巴，他便低頭致意。

「本人名叫札諾巴。」

「喔喔，我還沒自我介紹。我叫畢歐・彭帕德爾。」

是彭帕德爾家啊。我有從奧爾斯帝德那聽說這名字。是王龍王國的貴族世家之一。是也出現在北神英雄傳奇，歷史悠久的武家，現在應該是與王家有關係的家世。記得現任國王的祖母就是出身彭帕德爾家。

好危險，幾乎算是王族了嘛。幸好我沒講失禮的話。

順帶一提，彭帕德爾家的人成為人神使徒的可能性是C。算是中下之下。

「原來是那個彭帕德爾家的人啊？雖說我不知情，但實在有失禮儀。」

「不會不會……話說，可以請教你的大名嗎？」

「噢，非常抱歉。我叫魯迪烏斯・格雷拉特。目前的職務是七大列強第二位『龍神』奧爾斯帝德的代理人。」

「噢，是龍神的！看來我眼前的是一名不得了的大人物。札諾巴閣下也是龍神閣下的屬下嗎？」

話題帶到札諾巴身上，他點頭承認。

「本人……不，在下只是基層人員。」

「雖然嘴上這樣說，但這傢伙也是相當有實力的。」

「只是空有力量罷了。」

我不是指物理上的意思。

札諾巴商行已在各國開設分店，規模變得相當龐大。Money is power。就算說他實力堅強應該也不會言過其實。

「那麼請問擁有實力的兩位……來我國有何貴幹？」

「這個嘛……」

唔——要向毫無關聯的人說明現在的狀況頗有難度。

這個男人也非常有可能是策劃暗殺小帕庫斯的人物之一，要是太老實地坦承目的想必也不是好事。

「因為他的姪子陷入困境，我們是來幫忙的。」

「哦？」

「可是，他似乎被捲入這個國家政治方面的紛爭，我們正為該如何幫助他而傷透腦筋……」

此時有人告訴我們得先去見夏加爾將軍一面，了解這個國家的近況，所以才會來到這裡。」

「居然能引薦給夏加爾將軍……你口中的姪子，似乎是位了不起的大人物。」

「不不不，只是因為夏加爾將軍的人面很廣。」

提到大將軍夏加爾，可說是將這個王龍王國發展為強國的人物之一。

據奧爾斯帝德所說，他從未任官職的時期就聚集了優秀人才，持續推動富國強兵政策。

目前在眼前進行的這套訓練法，說不定也是他所構想的。

這樣的他人脈很廣。在各處都是熟門熟路。

甚至沒有任何人掌握他交友關係的全貌。

所以，就算說我與札諾巴是他的熟人，應該也不會覺得有什麼不可思議。

「可是，夏加爾將軍似乎諸事繁忙，所以我們才會在這裡等他。」

「原來如此。」

男人雖然擺出了沉思的表情，但又突然抬頭，點起頭來。

「朋友的姪子明明與外人無異，但你們居然會為了救他而來，實在是令人欽佩。」

雖然是我不由得認為，但是從這句話聽來，剛才為止的猜忌氣息已蕩然無存，反而感受到友善的氛圍。

突然就變得友善……應該說，比較類似了解陌生對象的目的，暫時解除了戒心。

「話雖如此，夏加爾將軍今天直到日落為止，好像都預定要主導演習。」

「啊，是這樣嗎？」

我抬頭仰望天空，發現太陽位於正南方。

意思是訓練還會再持續五個小時左右？

「不如由我來告訴兩位吧？別看我這樣，關於這個國家的事情我算是瞭若指掌。當然也有事情不方便對外人提及，但如果只是近況，不嫌棄的話就由我來代勞。」

「可以嗎？」

對我們而言，只要能了解近況，就算對方不是夏加爾也無所謂。

如果是彭帕德爾家的人，想必應該很清楚這個國家的情勢。

當然，我也想想聽聽夏加爾的見解，但要是坐在這裡好幾個小時只是浪費時間。

「這也是某種緣分。話雖如此，在這種地方談話也不是很妥當。我們到比較能放鬆的地方再聊吧。」

就這樣，我們決定向畢歐打聽這個國家的狀況。

★　★　★

畢歐其實是人神的使徒。

漫不經心就跟過去的我們，輕易地掉入陷阱，陷入窮途末路的危機……

並沒有發生這種事。從王城稍微移動之後有個場所，我們被帶到位於那裡的一間還算有品味的餐廳。移動方法果然是馬車。

當然，我也有保持戒心。不過，若是陷阱也太過明目張膽。

畢歐是個很長舌的男人。

搭乘馬車移動的時候也是，與其說是介紹我們王城附近的觀光景點，更像是為我們介紹值得一看的地方。

像是關於從遠處可見的王城外觀，以及我們正在移動的路上有何趣聞。

他的知識量猶如觀光導遊，移動中令我感到很是佩服。
在用餐的時候也是，關於料理的造詣之深也相當了得。
這間餐廳的菜單主打王龍王國傳統料理，有廚藝精湛的廚師。因為近來王龍王國的風潮是打算引進新的概念，所以他沒當成宮廷料理人，但是以傳統料理的廚藝來說是最高水準。然後第一道料理是這樣，第二道料理是這樣……
老實說，我對美食的造詣並不足以理解全部內容。
但是該怎麼說，從他的話中令我感覺到自豪與愛。
那股氣勢讓我深深感受到他喜歡這個國家。愛國心。實在了不起。
遺憾的是，他所說的話中沒有我所需要的情報。
「我王龍王國引以為傲的傳統料理，你覺得如何？」
「相當美味。老實說，讓我刮目相看。因為從前我來到這個國家時所光顧的料理店，印象中並不是很好吃。」
「哈哈哈。畢竟廚師的本領是因店而異，自然也會踩到地雷。」
話雖如此，但確實是很好吃的一間店。
王龍王國的料理是以蔬果為中心，雖然樸素卻很養生的料理。以養生志向為主的料理，印象中多半會沒啥味道，但這間店的料理卻堪稱一絕。代表只要交給傑出的廚師調理優秀食材，層次就會截然不同。

「好啦，接下來還有什麼事情想問嗎？」

或許是將文化說完一輪後感到滿足，畢歐這樣詢問。

「我想想……那麼，談談這個國家的情勢如何？」

「情勢嗎？」

「我並不是想探聽出國家機密，就算只是簡單的傳聞也行。」

「我想想……嗯。首先，沒錯，這個國家目前非常混亂。之所以如此，開端是因為幾年前前任國王駕崩。」

哦哦，突然就是令人刺耳的話題。

前任國王是人神的使徒，因此遭到奧爾斯帝德所殺。

「嗯，關於那件事我也有耳聞。祈禱他在另一個世界過得很好。」

身為部下的我也真夠厚臉皮。

「後來，王龍王國的從屬國之一開始受到攻擊。敵方不只一國。北方的紛爭地帶有三國就像事前商量好似的同時展開侵略。雖說是小國，但要面對三個國家自然是相當棘手。站在王龍王國的立場，支援從屬國當然也是責無旁貸……只是，那三個國家的行動實在很奇妙。」

「奇妙是指？」

「他們不願撤退。即使王龍王國的援軍與支援物資抵達，打了勝仗，將他們擊退到國境之外，對方依舊堅決打算侵攻。就算我們試圖在私下辦理停戰談判，也絲毫不願聽從。」

「只要攻入就能占領對方的一塊領土，他們是這樣想的嗎？」

「即使王龍王國處於混亂的漩渦之中，只要考量到彼此國力差距，也應該要知道那分明是不可能的啊……」

以正常狀況來想，就算大陣仗攻入王龍王國的從屬國，占領領土的一部分，身為宗主國的王龍王國自然不會坐視不管。會認真看待此事奪回領土，根據狀況，也有可能就這樣攻入敵國使其滅亡。

「三個國家都這樣做嗎？」

「是的，三個國家都是。」

聽起來確實不合邏輯。

如果是單純因為王龍王國正在衰弱，才趁隙攻打倒還可以理解。

但是，在王龍王國重整態勢之後依舊擺出強硬態度，這點就令人匪夷所思。這樣一來，打從一開始就不用趁虛而入，而是堂堂正正攻打即可。

而且，還是三個國家同時做出這種事……

「十分可疑呢。」

「就是說啊。萬一除了那三個國家之外，連要求獨立的西隆也加入戰局，從屬國就很有可能遭到攻陷。」

「原來如此。」

說到王龍王國的從屬國，有名的是西隆王國、沙納基亞王國以及齊卡王國，但除此之外也有幾個規模較小的從屬國。

都是些沒有廣大國土，國力也很薄弱，是因為受到王龍王國的支援，才有辦法不被其他國家併吞而存活到現在的國家。

雖說敵國規模小，但要是這樣的國家受到三個國家攻打，再進一步遭到西隆的攻擊……國家說不定會就此滅亡。

原來如此，那麼也不難理解會有人提議想藉由殺死帕庫斯或是將他交出，消除遭到西隆方面侵攻的後顧之憂。

「再來……」

後來，畢歐說出了關於王龍王國五花八門的內情。

像是大臣生了女兒，或是某個貴族的兒子結婚加入了某個派閥，大半都是這類老生常談的閒聊，感覺沒有與小帕庫斯有關的話題。當然，因為也有與其相關的可能性，我打算再去試著調查。

「哎呀，已經這麼晚啦？」

畢歐的聲音讓我望向窗外，赫然發現已到黃昏時分。

「由於我接著還有要事，差不多該先失陪了。」

「今天非常謝謝你。」

「不會，彼此彼此。因為像這樣炫耀自己國家的機會並不常見，讓我度過了一段愉快的時間。」

畢歐說完這句話，便向我道別離開現場。

後來，我們回到了練兵場，但夏加爾已經離開。

看來時機不巧，我們也只能暫時放棄，回到旅社。

就這樣，我們與艾莉絲等人會合。五人集合之後，圍在桌前開始交換情報。

「根據我收集的情報，米里斯的神殿騎士團在這個國家好像很威風。」

據愛夏所說，好像有許多神殿騎士團逗留在這個首都維邦。聽說城鎮到處都站著配戴米里斯徽章的蒼鎧騎士。

她試著調查那些神殿騎士團後，發現他們蠻橫的舉動似乎很引人注目，像是吃霸王餐、與冒險者發生衝突，甚至會與公會發生糾紛之類。然而，王龍王國的警備兵與騎士團卻不知為何默認這樣的行為，導致國民之間傳出了不安的聲音。

當然，在這種狀況下要在札諾巴商行販賣瑞傑路德人偶，可說是相當絕望。

因為神殿騎士團的那群傢伙基本上都討厭魔族。

然後，也殘留著進口商品的價格上升，增稅之類的不滿。

「我姑且先挑好了應該能用來當傭兵團據點的建築物，該怎麼辦？可以開始設置傭兵團嗎？」

「總之，先照往常那樣設置轉移魔法陣與石板吧。」

不管怎麼樣，已經看得見這個國家存在的問題點。

再來就是將這件事告知奧爾斯帝德，查明背後關係吧。我不認為這是人神幹的好事，況且這是因為與我有關而造成變化的未來，不清楚奧爾斯帝德會不會知道些什麼……不過，報聯商是有必要的。（註：報聯商相是日本企業專業用語，指報告、聯絡以及商量）

「師傅，您認為如何？不然乾脆帶著班妮狄克特大人與皇子逃出這個國家，也是一個方法……」

「不……我想應該有辦法搞定。」

米里斯騎士團方面應該有辦法應付，關於三個國家發動侵略的那件事，我也有頭緒。

「哦，那麼就交給師傅吧。」

大概啦。

第四話「最壞的小孩」

幾天後，我造訪了阿斯拉王國。

找奧爾斯帝德商量王龍王國的情勢後，他乾脆地就說出了幕後黑手。

那個幕後黑手是我預料之中的對象。應該說，我記得送到奧爾斯帝德手上的報告裡面，也有關於那件事的情報。

我決定與那位幕後黑手正面對決，隻身前往阿斯拉王國。

接著，為了見到那位幕後黑手，我拜託了在阿斯拉王國擔任類似宰相職務的路克。

路克聽了我的話後，便告訴我幕後黑手的所在處，以及前往那裡的路線。

果然是出外靠朋友啊。

不對，路克姑且也算是我的表哥，在這種狀況下應該是有哥哥真好吧。

我向路克這樣說道，他的臉頰就稍稍泛紅。希望他別這樣。抱歉，我喜歡的是女孩子。

幕後黑手好像待在阿斯拉王國當中警備特別森嚴的場所。

我拿著路克幫忙準備的通行證，侵入了連上級貴族也禁止進入的區域。

那裡受到相當森嚴的安全措施守護。

我與好幾名警備兵擦身而過，抵達了幕後黑手的所在之處。

阿斯拉王國王城的最深處……國王的私人房間。

在鑲有莊嚴裝飾的門前，一名壯漢身穿閃閃發亮的金色鎧甲，手持戰斧佇立在門口。是門衛。

這男人不管由誰來看都是門衛。

雖說身體寬度約莫我的兩倍，但絕對不是胖子。沒來由地可以從他的站姿得知身體由結實的肌肉所守護。

肌肉很不錯。不只是外側的肌肉，還有內側的肌肉。也就是說連體幹也經過鍛鍊。

艾莉絲也是這樣，有鍛鍊體幹的傢伙，光是站著都令人感覺截然不同。不會東倒西歪，也不會搖搖晃晃。

順帶一提，我妻子當中體幹最弱的是洛琪希。所以她經常摔跤。

算了，這也不錯。

「嗨～您好您好，借過一下喔。」

我打算快速地穿過那名壯漢，走進王之間……

「……」

腳狠狠踏地，擋住了我的去路。

「奇怪？」

我打算從右邊穿過，對方就移動到右邊，我打算從左邊穿過，對方就移動到左邊。

完全走不過去。

「那個，呃，可以讓我過去嗎？」

「不行。我沒聽說，你要過去。」

雖然我有意無意地秀出從路克那邊拿到的通行證及阿斯拉王國的徽章，但是看來行不通。

我今天確實沒有事先取得預約……

不過話又說回來，前陣子還沒有這個門衛。是新來的嗎？

也是啦。既然我之前從未見過，他也不知道我是誰，應該是新來的沒錯。

真是的愛麗兒路克，你們沒有做好新人教育啊。

「新來的。勸你最好趁我還沒生氣先讓開。我好歹也有得到通過這裡的許可。」

「不行，已經晚上。只有路克大人、希露菲大人，以及希露菲大人的丈夫才能通過。」

哎呀，看來有好好地教育過啊。佩服佩服。

簡而言之，他不知道我的長相。

「原來如此！那得怪我太晚自我介紹。我是希露菲的丈夫，名叫魯迪烏斯·格雷拉特。可以讓我通行嗎？」

「不行，沒有證據。」

要證據嗎！就算這樣講，要怎麼做才算是證據？

像是與希露菲相愛時拍下的合照？不過很可惜，這個世界沒有照片！或者說，要把我與希露菲相愛的結晶露西帶來之類？可是現在她並不在場。

在口袋裡面的只有聖物（精神安定劑）。

「唔——證據啊……」

「很可疑。」

「啊，等等，對不起，你先等一下冷靜點聽我說。」

當我正在傷腦筋，戰斧突然指向我。

那把戰斧的刃部大小相當於我的臉部。感覺只論總重量甚至達到五十公斤那麼沉重，只要順著重力砸下來，我馬上會被壓成肉醬。

不對，現在我身上穿著魔導鎧，應該不會當場死亡……

不過話說回來，打架並不是好事。

我是愛麗兒的上司，你是愛麗兒的部下。

一定不需要發生爭執才對。Love & Peace。

「我，是門衛，絕對不讓你通過……」

「唔——」

該怎麼辦才好？因為他實在是太不懂變通，令人很傷腦筋。

只要把待在值勤室的路克拉過來想必就能一發搞定，但他好像很忙……

我在門衛的前面徘徊，右轉轉、左轉轉。門衛配合我的動作改變身體面對的方向。可以感受到一股絕對不讓別人通行的堅強意志。

「只要不過去，不管我做什麼都行？」

「……？嗯，可以。」

他雖然歪頭表示不解，隨後馬上點頭。

不過很對不起，我果然還是得過去。

「愛～麗～兒～出～來～玩～！」

我大聲這樣喊叫。

就算身體過不去，聲音還是有辦法。實在是不禁欽佩自己的才智，想必連一休也自嘆不如，請叫我連休。

「！」

門衛雖然感到困惑，但沒有動作。

過了一會兒，門打開了。

從裡面走出來的，是眼熟的女僕。她是愛麗兒貼身的禁衛侍女。名字叫什麼來著？

我聽說她與莉莉雅是同期。

「原來是魯迪烏斯大人，請問您有何貴幹？」

「我來此是希望見愛麗兒陛下一面……只不過這邊這位不讓我通行。」

說完這句話後，女僕吊起眼睛。

「實……實在非常抱歉！杜加！這一位沒關係的！讓他過去！」

儘管女僕這樣喊叫，但門衛卻搖了搖頭。

「不行，我沒聽說他會來。他身上有武器。已經晚上。不能讓他過去。」

「這一位可是魯迪烏斯大人耶！應該跟你說明過隨時都可以讓他過去吧。」

「不行，沒有證據。」

「我明明都這麼說了……」

女僕似乎也沒得到他的信任。

新來的這位好像是叫做杜加，看樣子相當頑固。

不過，交給這種人守護國王的私人房間是不錯的著眼點。感覺不會因為金錢倒戈。

「杜加。」

此時，房內響起了凜然聲音。這個會讓聽者感覺十分舒服的聲音，令杜加的肩膀猛然顫了一下。

「那一位是希露菲的丈夫魯迪烏斯先生。不論何時、任何狀況，都要讓他通行。」

愛麗兒有些生氣的聲音，讓門衛豎起肩膀。

然後，他立刻從門前讓開，單膝跪地。

「是。」

可以過去了？我要過去嘍？ＯＫ？

我沒有將視線從戰斧上移開，踮著腳尖提心吊膽地走進房內。

愛麗兒應該是剛洗好澡。她換上了輕便服裝，正讓侍女梳理頭髮。

「歡迎光臨，魯迪烏斯先生。可是你在這種三更半夜，闖入未婚女性的房間，是不是有些不夠體貼呢？」

「啊，是。抱歉。因為事態緊急。」

「沒關係的。畢竟我與你的交情要好……接下來要發生的事情，我也會幫你向希露菲保密的。」

「不，不會發生任何事，也不需要幫我保密。是說，我會很正常地向希露菲報告。」

「哎呀，真是可惜。」

愛麗兒偶爾會開這種玩笑。

是在確認我會不會外遇，會不會背叛希露菲。

然而她明知自己是個美女，卻還說這種話。

要是我真的被誘惑她打算怎麼辦？況且現在也可能是因為剛洗好澡，感覺她身上散發出一種好聞的香味。或許是因為愛麗兒平常總是很果斷，讓我不太能萌生那方面的感情，可是現在該怎麼說，是很有人味嗎？還是說給人生動的感覺……

啊，不行！可惡，神（洛琪希）啊，請給我力量！

「嗅嗅嘶——哈——」

總之我試著先聞聖物讓自己的精神安定。

或許是因為禁慾的關係，稍微累積了無處發洩的精力。

「魯迪烏斯先生，你的興趣似乎相當有品味呢。」

「這不是興趣，是信仰。好啦，可以請妳先支開其他人嗎？啊，我並不是要做什麼在眾目睽睽之下會很傷腦筋的事情。」

「退下吧。」

愛麗兒對我這句話毫無反應，她拍了拍手，女僕們就乾脆地退到了隔壁房間。

總覺得好像突然被背叛一樣。

但不管怎麼樣，這樣一來就能對話了。

「好啦……愛麗兒小姐啊。」

「是。」

「犯人就是妳……對吧？」

「是，沒錯……不過你是指哪件事情……因為我心裡有數的事情實在太多。」

啊——……也對，畢竟愛麗兒是國王嘛。

只要考慮到國家的利益，自然會在私底下做出許多見不得人的勾當。

「況且，你有證據證明是我做的嗎？」

「就算狡辯也是沒用的！我已經掌握證據了！」

我一時興起這樣大叫，下一瞬間，門砰的一聲用力打開。

我嚇了一跳望向那邊，發現杜加就站在那裡。他手持巨大戰斧就這樣走進房內，一步一步緩緩朝我靠近，舉起斧頭……喂喂喂，等等等等等等，先等等先等等……

「杜加，退下。」

「可是，這傢伙，威脅，陛下。」

「我沒有受到威脅。只是在開玩笑。」

「……是。」

「下次等我發出慘叫後再這麼做。」

「是。」

杜加被發脾氣後一臉無精打采，同時走回了入口那邊。

有點可愛。

「不好意思。他很不懂變通……」

「不會，我也有點鬧過頭了。」

「我反而比較喜歡有人胡鬧。因為這座城堡沒有僱用小丑。」

喔呼。那麼下次在哪培育好小丑後再帶來吧。

培育一個不只會搞笑，而且也能作為護衛的傢伙吧。能把敵人拉進下水道打倒的傢伙。

（註：出自電影《牠》）

「那麼，請問到底是什麼事呢？」

愛麗兒端正姿勢，這樣詢問。

意思是她打算開始聊正經事。

「是關於攻入王龍王國從屬國的那三個國家的事。」

「噢。怎麼了嗎？」

她的態度太過理所當然，甚至沒特地說出是自己幹的。

不過，事實就是這樣。

與奧爾斯帝德確認過後，我得知在背地裡支援攻入王龍王國從屬國的那三個國家的，正是阿斯拉王國。

應該說，這樣的報告也送到了奧爾斯帝德手邊。

我要利用那三個國家進攻王龍王國的從屬國，可以動手嗎？我記得自己也曾確認過這樣的文件。

不過基本上，以阿斯拉王國來說，並不是想要消滅那個從屬國，或是想擴大領土。

只是為了讓王龍王國更加凋敝的惡作劇。

王龍王國的物價之所以上漲，也是因為阿斯拉王國將進口商品與貿易品的稅金設定得比以往稍稍高了一些。

「我想用這件事拿來與王龍王國交涉，可以麻煩妳要他們別再侵攻嗎？」

「我明白了。」

愛麗兒拿起筆，在手邊的紙上快速書寫，在角落部分用力蓋下類似玉璽的東西，對摺之後加以封蠟，然後交給了我。

「只要把這個交給路克，幾天後那三個國家就會停止攻擊。請在屬意的時機運用。」

「謝陛下！」

我心存感謝收下。

總而言之，這樣一來就獲得了交涉武器。朋友與權力果然是不可或缺。

「啊，對了。另外，可以讓我利用王龍王國的阿斯拉王國大使館嗎？只有『龍神的左右手』這個稱呼，果然還是會被瞧不起。」

「明白了。這部分我也會事先安排。」

愛麗兒拍了拍手，剛才的禁衛侍女走進室內。

愛麗兒對禁衛侍女咬耳朵後，她便點頭然後離開房間。

「雖說必要的東西在大使館一應俱全，但如果有需要還請告訴大使。」

「感謝妳為我準備得這麼周到。」

「不會。」

愛麗兒對我送了秋波，討厭啦好性感。

「你就是為此，才把我拱上這個地位吧。」

「不，奧爾斯帝德大人的如意算盤是這樣沒錯，但我只不過是想實現希露菲的心願。」

「呵呵呵。那麼，我必須感謝希露菲才行呢。」

「啊哈哈，我們對希露菲真是感謝不完。」

呵呵呵，啊哈哈，我們別具深意地抿嘴笑著。

和愛麗兒聊著這種像是在打壞主意的話題很令人開心。況且基本上也是什麼都辦得到。

「話說，剛才杜卡對你失禮了。」

「噢，妳說剛才的門衛？」

「雖然以門衛來說很值得信賴，但那孩子稍微有些不知變通。」

雖然會讓人質疑以門衛來說很值得信賴是怎麼一回事，但那身巨軀感覺確實很適合派去守住出入口，或者是棒球捕手。從他那天賦異稟的體格來看，作為打者想必也是一流水準。

「今後我會叫他注意，還請多多包涵。」

「不會不會，那只是對工作有熱忱的年輕人。請妳別炒他魷魚。」

「當然，我並沒有那個打算。」

雖然我不清楚鎧甲裡面是不是年輕人就是了。

「好啦，在未婚的女王房間待太久也是個問題，我差不多該告辭了。」

「哎呀，你唐突地出現在女性房間，只是提出要求就要一走了之？」

「很紳士對吧？希露菲應該也能對自己的丈夫引以為傲。」

「不過，至少可以報告目前的狀況吧？」

「啊，是。」

雖說姑且透過石板知會過米里斯所發生的事，但有些事還是當面說明較好。這是我自己也曾說過的話。

不管怎麼樣，我把在米里斯發生的事，以及自己今後的行動告訴愛麗兒。

「如此這般，由於總有一天可能會與基斯展開決戰，所以我正在召集戰力。」

「原來如此……我自己也正在籌備戰力，要是有萬一時就借給你運用吧。」

「妳正在籌備戰力嗎？」

「是的。因為我不清楚何時會遭人暗算，所以募集了私兵。況且要是己方實力強大，奧爾斯帝德大人也會開心吧？」

「那當然。」

唔——……真是優秀。

愛麗兒自從當上國王之後，就彷彿如魚得水那般，幹勁十足地執行自己的計畫。

不論誰說什麼，始終朝著自己的理想腳踏實地前進。而且她的步伐遠遠比我大上許多。

因為成為國王並不是她的目標。

當上國王之後，她依然有自己的目標。

想必直到死前，她依舊會抱有某個目標，向著那個持續前進。

唔——真想向她看齊。能跟她要個指甲垢嗎？我想熬來喝。

但是我不會這樣要求。因為我若真說出口，她可能會欣喜地為我準備。而且還是熬好的。

「總覺得愛麗兒殿下很可怕。」

「哎呀，是這樣嗎？」

「要是讓妳看到太不中用的一面，感覺妳隨時會背叛。」

「真教人難過，想不到你會說出這種話。居然以為我會背叛對我恩重如山的你……如果擔心，是不是該找個把柄讓你握住呢？」

「不會不會，當然沒有到那麼誇張。我只是重新體會到妳會為了利益而行動。」

「我也是個會為情所動的女人。」

愛麗兒噘起嘴巴這樣說道，然而卻又好像突然想到什麼，把指頭抵在唇上。

「不過，聽起來很有意思。」

「什麼意思？」

「比方說，把生下來的孩子取名為『魯迪烏斯二世』之類。肯定很有意思。」

「咦？別這樣。」

那肯定會讓我遭到懷疑呀……

希露菲聽到後肯定會對我翻白眼。順帶一提，路克也會擺出「難道說……不對怎麼可能」的臉看著我。

偶爾耍嘴皮子講講還可以用「什麼嘛原來是開玩笑啊」帶過，但要是默默就幫小孩取那種名字，簡直就是在說我有私生子嘛。就算我再怎麼強調自己與愛麗兒之間是清白的，身邊的人也會擅自會錯意啊。

才不有趣，這是很誇張的背叛行為。與其說是背叛奧爾斯帝德，不如說是背叛我和希露菲。

「不，那個，我的意思不是背叛我，而是要背叛奧爾斯帝德大人那種的。」

「水神列妲遭到擊殺時，我也在現場。你以為我會有背叛奧爾斯帝德大人那種令人毛骨悚然的想法嗎？」

水神列妲遭到擊殺時。

那個現場確實怵目驚心。

列妲展現出壓倒性實力。當時不僅我們，就連佩爾基烏斯也動彈不得，然而奧爾斯帝德一趕來派對會場，就將列妲的攻擊全數彈開，再以手刀將她一擊斃命。

與力量或是技巧無關。

那種殺害方式感覺就是「這樣做應該最快」。

如果我是重要人士，一想到會被那個追殺，就會不寒而慄。

不知何時，無論什麼時候，不管被什麼樣的人保護都會遭到殺害……是拍恐怖片嗎？

「不，我當然不認為妳會真心背叛。話雖如此，還請妳要十分小心在夢中向妳提出建議的鼠輩。」

「好的。但是不要緊。因為，我認為自己所坐的這張椅子很有價值。」

「假使快要失去的話，不是會很危險嗎？」

「所以我才會像這樣，百般討好可怕的龍神大人的使者。」

「那就讓我恭敬接受您的厚意吧。」

「呵呵，萬一到了緊要關頭，看到我想丟臉地抓住王座不放，還請你出手相救。」

當然是義不容辭。

不過據奧爾斯帝德所說，至少到愛麗兒死前，愛麗兒政權似乎都會平安順遂。

「說到抓住不放，最近洛琪希的女兒菈菈……」

然後我大概與愛麗兒閒話家常了大約一個小時，便離開了王之間。

我一走出房間，便看到門附近站著幾名騎士。

是杜加以及另外三名。

簡直就像是在等我似的站在那裡。

老實說，我有點嚇到。甚至讓我覺得接下來會被帶到王城後面遭到恐嚇。畢竟所有人看起來都很精悍。

但是，既然表情最恐怖的人物是我的熟人，事情就另當別論。

「基列奴，好久不見。」

「嗯。」

基列奴一如往常，以一臉嚴肅表情點頭。

然而，從尾巴搖來晃去這點來看，想必她很開心能與我再見一面。

她身上穿著金色鎧甲。
與站在旁邊的兩名男子不同，並非全身鎧甲，是只保護身體重要部位的最低限度輕鎧。
如果要我老實說出感想，相當帥氣。基列奴淺黑色的肌膚，與金色鎧甲形成絕妙協調，看起來亂強一把。渾身散發出強角的氣場。
不過要是保羅看到，八成會一邊哈哈大笑一邊說不適合她吧。
「似乎讓各位久等了。那麼我就此告辭。」
「等等。」
當我正想離開時，頭髮被揪住了。
「怎麼了嗎？」
「艾莉絲大人還好嗎？」
「妳能想像她沒有精神的樣子嗎？」
「不能。」
「那麼她很有精神。一如往常。」
「這樣啊……」
雖說有許多話想聊，但基列奴現在也正在工作。
畢竟在這個三更半夜，還身穿如此金碧輝煌的鎧甲，站在王之間前面。想必是有什麼緊急要事。若打擾到她就不好了。

「雖然有許多話想說，但我就先告辭了。畢竟基列奴應該也很忙……」

「啊，不，等等。」

怎麼了？基列奴感覺欲言又止。

「路克告訴我你在這裡。」

「哎呀，找我有事嗎？怎麼了？」

如果是基列奴的請求不論什麼我都照辦。不過，因為現在正忙著處理其他事情，根據內容，也有可能會延到之後再幫忙。

「沒什麼大事。好像是想見你一面。」

好像……那是別人嘍？仔細一看，身旁站著兩個男人。

感覺是隨處可見，平凡無奇的中年男性。

其中一人身高略矮，是混雜著白髮的金髮。

另外一人是很罕見的黑髮。

兩人的年齡大約介於四十歲後半到五十歲左右。給人老練的感覺，看起來很有威嚴。

金髮那位向前踏出一步。

「初次見面。我叫希爾貝斯托．伊弗利特。職務是禁衛騎士團長，目前擔任這座城堡的警備工作。今後還請多多指教。」

「我是魯迪烏斯．格雷拉特。基於陛下的盛情厚意，與她建立了友好關係。今後還請多多指教。」

他說是禁衛騎士團長，不就是阿斯拉王國騎士當中最偉大的人嗎？

難怪會身穿金碧輝煌的鎧甲。不對，在場的人都穿著。

「說厚意實在是太謙虛了，我聽聞您與陛下是舊識。」

「正確來說，是我的妻子。」

「您是說希露菲葉特大人吧。聽說那位大人不僅如妖精那般美麗且惹人憐愛，而且實力堅強又值得信賴。」

「正是如此。您真內行。」

這是一百分滿分的正確答案。

「不管怎麼樣，託妻子的福，我才有辦法像這樣獲准拜見陛下。」

「儘管您這樣說，但我聽說魯迪烏斯大人才是王位爭奪戰的關鍵人物……」

王位爭奪戰。這種詞聽起來，簡直就像在各地城堡舉辦過五對五的淘汰賽。

「這個嘛……話雖如此，我也不過是聽從上司的指示罷了。真正應該讚賞的，我認為是吾主龍神奧爾斯帝德大人。」

「原來如此，看來您十分忠誠。」

若是以忠誠形容感覺也不太對。

不管怎麼說，我希望能從這種小地方增加奧爾斯帝德的威望。

「要是您沒有出現，我也沒辦法出人頭地爬到這個地位。」

「啊，是這樣嗎？」

「我終究只是窮困的中級貴族出身。然而如今卻獲得這樣的職務，也總算能讓小兒子上學就讀。」

「那真是太好了。」

因為他說自己是禁衛騎士團長，我還以為他是阿斯拉的大貴族，原來不是啊？愛麗兒提倡實力至上主義，不斷地拉拔優秀人才，想必他也是其中之一。

……等等，既然是靠實力升上禁衛隊長，不就表示這個人超級優秀？

那麼，哪天可能也會拜託他關照吧。

「呃——若是貴公子有什麼狀況，可以來找我商量。」

「咦……？啊——哈哈哈。您如傳說中一樣，是位有趣的人。不要緊的。我兒子和我很像，十分優秀。」

「雖說優秀，但也不代表他就不會煩惱或是困擾。」

「原來如此。我會留意的。」

打完基本招呼之後，我面向另外一人。

這邊的也穿著金閃閃的鎧甲。

希爾貝斯托、基列奴、杜加，還有這個男人。

因為四個人都閃閃發光，總覺得這個空間異常明亮。
「呃，請問你是？」
「……呵。」
黑髮男子注意到我的視線，隨後哼笑一聲。
我也笑了。果然溝通的第一步就是從笑臉開始。
微笑可以拯救世界。
「初次見面，我叫魯迪烏斯·格雷拉特。」
說完這句話後，他便目不轉睛地看著我。
從頭頂到腳尖看過一輪，然後還特地繞到背後觀察。
我對這種猶如在觀察珍禽異獸的氣息有印象。是奇希莉卡。莫非這個人擁有魔眼？
「怎麼了嗎？」
「沒什麼，因為能親眼見到龍神大人的部下，實屬罕見。」
「因為沒幾個人。」
「我想也是。」
既然他這樣說，表示這個人曾見過奧爾斯帝德嘍？
「那個，話說回來，可以請教你的名字嗎？」
「噢，真是抱歉。我是……」

此時，他突然像是恍然大悟那般摀住嘴巴。

然後又哼笑一聲，以斜眼瞧著我。

「不了，你要知道我的名字還太早了……」

突然說出了這種話。

和剛才不同，聲音莫名穩重。

「時機總有一天會到來，你到時就會知道了。知道我的名字，我的名號……」

黑髮的中年男性拋下這句話便逕自走去。走路方式看起來也像是在裝模作樣。

「那傢伙搞什麼啊？」

基列奴也是一臉困惑。

「其實說想見你一面的，就是那傢伙。」

如果那是真的，那傢伙到底在搞什麼啊？一把年紀了還在搞中二？

「香杜爾那傢伙……魯迪烏斯好歹也是我的師傅啊……」

好像是叫香杜爾。

順便說一下，後來我從旁邊這位希爾貝斯托氏口中聽說黑髮男性名叫香杜爾・馮・格蘭道爾，是阿斯拉黃金騎士團的團長。

感覺真的教人摸不著頭緒。

但是……呵，我有預感總有一天會再見到那傢伙。

你的自我介紹，就保留到那個時候吧……！
因為這樣說感覺比較有意思，所以我決定先這樣認為。

第五話「王龍王國國王」

「姑且不論格式，首先得讓人感受到威望」。
這是我在這幾年所學到的。
面對巨大的組織，要是不把己方的巨大也展示出來，會被人瞧不起。
入境隨俗……與這個概念有些不同，但是在配合對方的這個層面上，我們這邊也必須盡必要的準備。
如此這般，我們現在來到了位於王龍王國首都維邦的，阿斯拉王國大使館。
愛麗兒是本公司的大股東。只要明確地表達出奧爾斯帝德股份有限公司的背後有阿斯拉王國撐腰，無論對哪個國家都能表現出威望。
也就是所謂的狐假虎威。
實際上，雖然感覺比較偏向阿斯拉王國的背後有奧爾斯帝德撐腰，但兩者都在我的後方，所以沒有關係。

嗯，不管怎麼樣，這次也要直接與國家談判。只有我一個人說不定會吃閉門羹。

然而只要借助阿斯拉王國的威信，就不會重蹈米里斯當時的覆轍。

基於這樣的想法，我在大使館租借了服裝以及馬車之類，而且還帶著蓋有愛麗兒印章的書信前往王城。

「……………」

之所以在大使館的房間喋喋不休地確認現狀，都得怪一個人還沒換好服裝。

「愛夏，如果妳很中意可以帶回去，快一點。艾莉絲在等我們。」

「嗯——……可是哥哥，眼睛就是會飄向其他衣服嘛……果然還是穿綠色系比較好嗎？畢竟艾莉絲姊是紅色，哥哥是灰色系……」

愛夏從剛才開始就穿著內衣走來走去，難以決定今天的打扮。

本來的話，不應該目不轉睛盯著女性更衣。

可是，由於愛夏說「希望讓哥哥來決定」，所以我才會受到其他女僕的白眼，看愛夏在眼前更衣。

不過，愛夏口口聲聲說希望由我決定，但似乎不打算把決定權交給我。

就算我決定好：「那就穿那件。」愛夏也會說：「不要，穿這件會和艾莉絲姊撞衫。」，又去看其他衣服。

上次因為穿女僕裝而引起一陣騷動。

所以讓她穿上正式服裝是沒有什麼好抱怨的……但這次實在太講究了。
三件輕飄飄且軟綿綿的禮服。
因為我身邊的人都不會花時間打扮，所以感覺很新鮮，不過也開始累了。
「是說，因為我不是主角，所以最好挑樸素的打扮吧？」
「不，穿氣派的也可以。嗯，就用愛夏的可愛來讓王龍王國的高層嚇破膽吧。」
「認真回答我啦！」
被罵了。
不過說正經的，畢竟愛夏身邊平常沒有男人，在這種場合盛裝打扮尋找邂逅應該也不錯？以特別可愛的打扮，吸引王族的貴族系男性，以釣到金龜婿為目標！
雖然要是帶個太奇怪的傢伙回來也很令人傷腦筋……
反正就如愛夏自己說的，她這次沒有像樣的工作可忙，況且戀愛是自由的。
「那就挑那件深綠色的啦。這樣既不會和艾莉絲撞衫，也樸素得恰如其分，應該很適合吧？」
「咦……可是，這個，裙子很短……看得見腳耶。」
看得見也沒關係吧。不如說應該讓別人看看，自豪一番。
雖然想這樣說，但身邊的女僕擺出了「這樣可不行呢」的表情，恐怕不能被別人看見吧。
「唔——……」

愛夏一邊發出沉吟，同時繼續挑選禮服。

不過，從內衣模樣可以清楚了解她的成長。

該長肉的地方都有確實成長。雖說愛夏也是這樣，不過看來我們家族似乎擁有曼妙身材的基因。是會吸引壞蟲的身材。

塞妮絲和莉莉雅也是如此，保羅的老家諾托斯．格雷拉特原本就是喜好巨乳的一族。所以像我的祖母肯定也是波濤洶湧。

應該是遺傳吧。

我的女兒長大一定也會變成波霸。

雖然很難想像露西發育成波霸的未來……但要是艾莉絲生下女兒，身材絕對是前凸後翹。

「……嗳，哥哥。」

「嗯？」

「嗯哼～」

突然，愛夏挺出腰間將手繞在頭後，擺出讓我看見腋下的姿勢。

我對這姿勢有印象。

「是誰教妳的？」

「普露塞娜。她說這樣能一發迷倒男人。」

「那是騙人的。那傢伙的那個姿勢，目前全都以失敗收場……別太相信她。」

「咦……！在傭兵團明明很受歡迎的說……」

「別玩了，快點選好。」

雖然我在催促愛夏，但時間還有餘裕。

這個國家其實意外地不守時，就算稍微遲到好像也不會遭到責難。

真是個好國家。

不將事情拖到最後一刻才做是我現在的宗旨。

保有餘裕無論何時都很重要。不管是心還是時間，都要留有餘地再行動。

「太慢了！」

然而，卻有人凡事都想以最速解決。

那傢伙磅一聲開門，衝進了房間。

是艾莉絲。

她身穿華麗的紅色上衣，搭配黑色褲子。是王龍王國的貴族禮服，與頭髮綁成馬尾的她實在很適合。

是一位凜然的女劍士。

不過，其實這是男性用的打扮。據女僕所說，放在大使館的禮服不能佩劍，所以她好像立刻決定穿上這件。

「妳要選多久啊！」

「啊，艾莉絲姊。對不起。我有點猶豫。」

「哼……」

她搖曳深紅色頭髮大步走向愛夏，從擺放在周圍的禮服當中，用力抓住一件。是葡萄紅的深紅禮服。

「穿這件！」

「咦——可是，選紅色的會和艾莉絲姊撞衫啊。」

「什麼啦，妳討厭和我穿一樣的嗎！」

「是不討厭，但我是在後面的工作人員。不能搶走艾莉絲姊的鋒頭吧？」

「妳今天不會待在後面！身為我的妹妹，就不許穿上丟臉的打扮！」

聽到艾莉絲這句話，愛夏的臉染上微微紅暈。

然後一邊嘿嘿笑著，一邊從艾莉絲手上接下禮服。

「既然艾莉絲姊都這樣說了，我要穿這件。」

她的表情看起來有些開心。

是因為被說是妹妹才開心的嗎？

雖說我不是很懂少女心，不過既然她看起來開心自然再好不過。

於是，愛夏的禮服也決定好了，我們出發前往王龍王國的王城。

★
★
★

我走進城堡，來到了王龍王城的晉見之間。

不是我誇口，但是我對晉見之間可是很挑剔的。

阿斯拉王國、西隆王國以及奇希莉卡城……我已經拜訪過各地城堡的晉見之間。

所謂的晉見之間，就是為了擺門面而設。

廣闊的場所擺放著奢華的裝飾，有時會有身穿金光閃耀的騎士並肩排列，用來向其他來賓耀武揚威，強調我國就是這麼了不起，國王正是如此偉大的場所。

那就是晉見之間。

以寬敞及華美的角度來看，阿斯拉王國非常出色。不僅寬敞，人數也多，阿斯拉王國的晉見之間給人一種金碧輝煌的印象。或許是為了愛麗兒的加冕儀式才會擺設得比平常更加氣派，但無論是大小、人員、耗費資金、王座，甚至是坐在王座之人的美麗皆是一流水準。

但是，我老實說吧。

阿斯拉王國的晉見之間確實很出色。

但是，在世上只能排第二。

我所承認的世界第一，不僅是晉見之間內部，就連前往該處的沿途都是用心布置。

從城外開始，會經過頗具品味的庭院，並可觀賞陳列在此的高格調藝術品，令來訪者賞心悅目，而且一路上不會遇見任何人。

走在寂靜的漫漫長廊，來訪者會感受到莊嚴氛圍，令緊張感不由得慢慢攀升。

然後，連接晉見之間的巨大門扉，更是震懾來訪者。令內心滿是期待，思考前方究竟有什麼。

打開門後的，等待在前方的是就算講客套話也無法以奢華形容的空間。

只有必要最低限度的質樸裝飾。

此外，就是在王座前面並肩而立的十二名騎士。他們每個人臉上都戴著面具，渾身散發出一種莫名威壓感。但是，就連那種感覺也很不顯眼。

然而，這是有理由的。

全都是為了讓王座更加受到注目。

坐在王座的，是唯一沒有戴著面具的男子。

他散發出來的壓倒性細膩感、優雅以及存在感……想必無論是誰都會倒抽一口氣，讚嘆他的偉大。

那個晉見之間位在哪裡？

實不相瞞，正是空中要塞 Chaos Breaker。

甲龍王佩爾基烏斯。

儘管當時沒注意到，但佩爾基烏斯的品味，即使說是世界第一也不為過。

如此見多識廣的我，看到王龍王國的晉見之間時，發出了感嘆的聲音。

「……喔喔。」

這個國家的晉見之間與阿斯拉及 Chaos Breaker 的風格稍有不同。

最明顯的是很草率。

首先，在晉見之間的入口有兩具巨大甲冑猶如門衛那般站立。

高度約為三公尺左右。

與魔導鎧約為相同大小的鎧甲，就猶如金剛力士的雕像那般，沉穩地俯視來訪晉見之間的客人。

在這個世界，沒有所謂的巨人族。

或許存在著身材高大的種族，只是我不知道，但起碼在王龍王國沒人能穿上這身鎧甲。

換句話說，這個鎧甲是為了帶給來訪者恐懼與敬畏才存在於此。

再來，進入裡面後引人注目的，果然還是鎧甲。

從入口一帶直到王座附近，空洞的甲冑排得井然有序，猶如要將晉見之間團團包圍。

然後，通往王座的繡金地毯旁邊，佇立著身穿甲冑的人類，就好像是在保護國王。

他們守護的是淺灰色的鐵製王座。

彷彿將鎧甲直接製成椅子般的金屬王座，用鐵釘將靠墊牢牢釘住。

感覺坐起來相當難受。
除此之外，幾乎沒有裝飾那類物品。
姑且也掛上了疑似同盟國的國徽，以及類似騎士團徽章的物品，但也僅此而已。
粗俗的石頭牆壁，銀色甲冑。
就像是把看起來很強的東西擺出來就好，令人感覺很隨便。
明明如此，卻有種像是在眾目睽睽之下受到監視的威壓感。
……要推薦給所有人有點困難，就讓我給出四顆星的評價吧。
若是要進一步舉出降低評分的理由……
「王龍王國第一王子，卡克蘭德．馮．金格杜拉岡駕到！」
沒錯，坐在王座上的並不是國王。
年齡大約與我相仿。是金髮，蓄著些許鬍鬚的青年。
當然，他的來歷也已經調查過了。
卡克蘭德．馮．金格杜拉岡。是目前的第一王子，總有一天會成為國王的人物。
非常聰穎，擅長操弄政治手段，國王不在時，會肩負代理職務行使政事。
話雖如此，我們好歹是以阿斯拉王國的名義要求晉見國王。
看來可能被小看了。對方認為我們並不屬於阿斯拉王國，終究是在野身分，所以不請國王出馬也不要緊。

總之，我先單膝跪地低下頭，等待下一句話。

「平身，報上你的名號。」

「初次見面，我是『龍神奧爾斯帝德』的部下，名叫魯迪烏斯·格雷拉特。參見殿下，在下向您請安。」

「哦，你就是打倒那個水神列妲，以一己之力阻擋侵攻西隆大軍的那位魯迪烏斯·格雷拉特嗎？」

傳聞又被穿鑿附會了。

感覺我也差不多要成為鑽地工了。

「不，水神列妲是吾主所敗。大軍並非是由我一人擊退，而是與吾師及卡隆堡壘的士兵眾人攜手合作才能辦到。」

「你很誠實。但是，水神列妲與北帝奧貝爾之死，確實與你脫不了關係吧？」

「是，我不否認。」

「比起格式，吾國更尊崇實力。對你這種雖是在野身分卻取得豐功偉業之人，給予很高的評價。」

「感謝殿下稱讚。」

哎呀，原本還以為被瞧不起，結果印象意外良好。

不，這果然是阿斯拉王國名號的力量吧。

「首先，由於吾父，王龍王國第三十三代國王斯特爾畢歐・馮・金格杜拉岡陛下有病在身，才會由吾代理出面迎接，吾得為此道歉。」

「不會，實在不敢當。」

什麼嘛～竟然生病了喔～那也沒辦法。嗯嗯。

「那麼，你今天似乎帶來了有益的情報。能聽你這種人說話的機會實屬難得……但反過來說，像你這般能人，也不會閒來無事出現在吾的面前。」

「這個……」

「啊，等等，先別說，讓吾猜猜。」

王子把手伸到前面阻止我說話，然後撫摸自己的下巴。以一臉興趣盎然的表情望著這邊。

他看起來是相當聰明的男子，而且還充滿自信。

感覺就是認為自己有實力，同時也有看人的眼光。

實際上，這也沒錯。

他從現在開始好幾十年的期間，都會將這個王龍王國維持在與阿斯拉王國同等，甚至是在其之上的地位。

換句話說，他擁有至少能與愛麗兒平分秋色的政治手腕。包含他身邊的心腹在內都是非常優秀。

只不過，悲哀的未來正等著他。

名為失戀的未來。

現在他正墜入愛河。以大使身分前往阿斯拉王國參加加冕儀式的他，對愛麗兒一見鍾情。

後來，他有好幾次前往阿斯拉王國的機會，並在二十五歲左右告白，但以失戀告終。

或許是因為愛麗兒甩掉他的方式非常殘忍，後來卡克便提倡反阿斯拉的思想。

不過，他還沒有被甩。

現在的他，正主張與阿斯拉王國友好共存。應該是這樣。

「首先，你的目的並非謀職。你應該與阿斯拉的愛麗兒王十分親近。既然如此，與其選擇吾國，不如直接投奔阿斯拉即可。這樣不僅能任官，甚至有可能獲得爵位。對吧？」

「誠如殿下所說。」

王子更進一步地盯著我。

然後一邊露出賊笑，一邊繼續說下去：

「像你這般人物來到這個國家，為了在吾國圖個方便而非得親自來拜託的是，這個嘛……喔喔，對了。話說回來，坊間流傳著不可思議的傳言……夏加爾，是什麼傳言來著？」

聽到王子這句話，站在旁邊的一名騎士迅速低頭。

長相看起來頗像流氓，與藍道夫穿著同樣鎧甲。

「據傳魯迪烏斯．格雷拉特為了因應拉普拉斯在八十年後復活，正在呼籲各國做好準備。」

大將軍夏加爾．加爾岡帝斯。

是與長耳族的四分之一混血，聽說他粗魯的言行舉止引人矚目，不過耳朵很短，遣詞用字也很得體。是因為在王子面前嗎？

「就是那個。」

米里斯教皇也知道這件事，大國的情報網果然不可小覷。

「然後，作為呼籲行動的一環，你在各國設立自己的組織，並使用那個組織從商……有錯嗎？」

「正是。」

雖然沒有出入……但總覺得話題漸漸導向不太對的方向。

「那麼，與其他國家相同，你是為了請求吾的協助與許可而來……對吧？」

王子殿下擺出得意洋洋的表情。

嗯，對。要是沒有基斯那件事，我確實是這樣打算。

但這次有點不同……可是我不由自主地覺得，既然他都得意成這樣，要是否定他想必會很不爽吧。

「明明可以自作主張，卻特地來徵求許可。你這種態度，吾並不討厭。」

王子一臉欣喜地繼續說下去。

話雖如此，這部分倒是不令我驚訝。畢竟藍道夫與夏加爾是舊識，就算知道我在私底下鬼鬼祟祟地行動也很正常。

「但是，若是你提出請求，吾便馬上允諾，就會關係到國家的威信。若是有愚蠢群眾以為只要拜託王族就能實現任何願望，一窩蜂前來也令人傷腦筋。」

「……」

「所以，吾也有一個條件……怎麼了？」

我默默舉手，王子擺出了疑惑表情看著我。

事情開始有些離題。這種情況並非好事。

「打斷您讓我深感抱歉，殿下。儘管您說的事情正確無誤，然而，我今天來此的目的，其實稍稍有些不同。」

「……哦？」

先把要事說清楚吧。

「是關於班妮狄克特的孩子一事。」

王子臉色一變，散發出來的氛圍也是。

「我從吾友藍道夫那邊聽說，班妮狄克特大人的孩子……帕庫斯二世大人似乎被視為麻煩存在，據說也有人打算要趁現在將他處理掉。」

「那又如何？」

王子不慌不忙，發出盛氣凌人的聲音。

「母親處於那樣的狀態，也不能在政治方面派上用場。這個國家沒有理由讓總有一天會成為絆腳石的人活著。」

「那麼藍道夫閣下呢？一旦殺了那孩子，藍道夫閣下肯定會離開貴國。」

「王龍王國並非是僅由一名列強所左右的弱小國家。」

確實有理。若非如此，打算殺死小帕庫斯的計畫也不會浮上檯面。

「換句話說，你之所以來此，是為了懇求吾等放過那孩子嗎？」

「……不。」

我看著王子的眼睛這樣說道：

「與其說放他一條生路，不如說若是您不需要，是否能由我收下。」

「哈。」

王子聽到後用鼻子哼笑一聲，望向身旁的騎士夏加爾。

「你聽到了嗎，夏加爾？」

「聽得很清楚。」

王子重重跺腳，擺出前傾姿勢。

他將手肘置於大腿上，惡狠狠地瞪視著我。

與剛才的態度截然不同。這才是這名王子的本性嗎？

「那麼吾問你，魯迪烏斯．格雷拉特。你的提案，對吾等有任何好處嗎？」

不必驚慌，也無須膽怯。因為佩爾基烏斯更有威嚴。

「那麼，請容我一一道來。」

這個國家的實情，全在本公司的掌握之中。

「首先，聽說從前任國王陛下駕崩的那陣子開始，王龍王國的從屬國就遭到位於北方紛爭地帶的三個國家攻擊。」

「……」

「雖說是由貴國支配，但從屬國依舊是從屬國，自然不得不去支援。在混亂當中發生的這場戰爭殺得王龍王國措手不及，而且現在也依舊忙於應對才是。」

「那……又怎樣？」

「我能阻止這個狀況。」

畢竟煽動這場戰爭的人是愛麗兒。

她煽動老早就想攻打王龍王國的國家，並趁機賣出大量武器。

而且還主張背後有自己撐腰，有些強硬地逼他們持續進攻。

阿斯拉王國是富裕的國家，雖然我也經常受到關照，但這些錢並不會憑空出現。

所以有時也得幹些骯髒勾當。

當然，這種行為對阿斯拉王國而言，頂多只是故意騷擾王龍王國，只要說聲住手就會願意收手。

「再來，殿下。在先王駕崩之際，臨時急需一筆龐大金錢，所以貴國也向米里斯教會借了錢對吧？」

「……」

「目前借款雖然已經還清，但卻允許神殿騎士團在國內逗留。而那群神殿騎士團在國內強行推銷米里斯教，似乎稍稍造成了問題。」

「你也能解決此事？」

「可以。」

若是借款還沒還完我也沒辦法插嘴，但既然還完了，這也頂多是米里斯神聖國在騷擾王龍王國罷了。

只要向神子或是教皇說一聲，神殿騎士團應該就會立刻返回本國。

雖然會讓我欠下教皇人情，但沒有問題。

人脈就是為了這種時候才存在的。

「而且，將來帕庫斯二世大人與西隆王國之間造成問題時，我會負起責任處理。」

到時還會帶上札諾巴。與札諾巴，以及藍道夫三個人一起。

打一場帕庫斯復仇之戰。

「請問您意下如何？」

總之我提出了三點。作為讓拖油瓶活下來的好處來說應該相當足夠。

「你有何好處？」

「儘管名字無法明說，但奧爾斯帝德大人的幹部之一，非常惦記班妮狄克特大人與帕庫斯二世大人。我打算拿來作為與他交涉的武器。我等龍神陣營齊聚在奧爾斯帝德大人麾下，雖說團結一心，但加深友誼也很重要。」

我沒有說謊。想救班妮狄克特與帕庫斯二世是為了札諾巴，我只是把這件事講得聽起來別具深意。

「……」

然而，王子的表情卻不甚開心。

他以凶狠表情瞪視著我。難道還有什麼不滿足嗎？

「我認為是不錯的條件。」

幫我說話的，是夏加爾。

「魯迪烏斯閣下對阿斯拉王國、米里斯神聖國雙方都握有發言權。因此可信度很高。由於魯迪烏斯閣下的提案在我國已採取應對措施，並無大幅加分作用……然而，我聽說魯迪烏斯閣下也握有愛麗兒王及米里斯神子的弱點。與交友廣泛的魯迪烏斯閣下先打好關係，勢必會有益處。目前來說，我國正以小缺失慢慢彌補重大缺失，因此若能從中得益，對我國——」

「夏加爾，你先閉嘴。」

王子冷靜的聲音，讓夏加爾慌張地抿緊嘴巴。

「吾明白這有好處。」

那麼是對哪裡不滿？

「但是，吾不中意這個男人的態度。簡直就像是被他玩弄於股掌之間。」

噢，我應該更卑躬屈膝一點比較好嗎？

是我的態度太強硬嗎？這方面的調整實在困難。

「吾並非是因為不中意而不接受。班妮狄克特的孩子，應該要透過議會決定如何處置。而現在卻突然因為一個局外人提案就決定，這樣好嗎？」

「殿下，在議會上不是說明這是苦肉計了嗎？要留下將來會造成動亂的幼苗，或是現在失去『死神』。議會上的決議是傾向前者，假如有更好的選擇。改變主意也很正常。」

「問題不是這樣，不是這樣啊。吾在意的是能不能守住歷史悠久的王龍王國的威信。父王才剛登基，為政風格就如此優柔寡斷，要是被其他國家看到，要是被百姓這樣認為，勢必會對臣子今後的忠誠造成影響。」

王子似乎是在意父親的……正確來說是國家的體面。明明這麼年輕卻很了不起。

然而，在我面前直接上演這段對話，根本就毫無威信可言啊。

相較之下，夏加爾似乎是自己人。或許是因為他是藍道夫的朋友吧。說出了站在我這邊的意見。

「唔——……」

算了，日後再夥同沒在現場的成員再慢慢決定也行。

到時就要找來抱病的國王及宰相之類，慢慢商談。
只要好好溝通，相信他應該也會明白這並非壞事。
就算這麼做依然遭到拒絕，我也準備了下一個手段。這個國家重要人物的個人情報，我已經全盤掌握。喜歡的東西、討厭的東西以及弱點，只要動用所有管道慢慢清除障礙，也是有可能讓他們改變意見。
只是好像會對日後造成影響，其實我不太想這麼做。

「……所以我不是說過了嗎？」

一道聲音響起。
在場的所有人都朝向傳出聲音的方向。
在王座的斜後方，連接到晉見之間深處的那扇門，出現了那名男子。
是名普通男性。
有著黯淡的金髮，一臉疲憊的四十幾歲男性。
以氛圍來看，很像愛麗兒的大哥……不對，我見過更像他的人物。
是藍道夫要我去見夏加爾時遇見的那名人物。
滔滔不絕地說出這個國家問題點的人物……

畢歐・彭帕德爾。

可是這是怎麼一回事……今天他身穿非常氣派的服裝。尤其是戴在頭上的王冠，那是從哪弄來的啊……

「他不是我們應該與之為敵的男人。」

「陛下……！」

王龍王國第三十三代國王斯特爾畢歐・馮・金格杜拉岡。

這個國家的國王就在那裡。

「聽好了，卡克。直到平定紛爭地帶之前，都不應該與阿斯拉王國在檯面上成為敵對關係。魯迪烏斯閣下與愛麗兒王私交甚篤，如今已是公然的事實。只要現在接受魯迪烏斯閣下的提案，與龍神奧爾斯帝德締結合作關係，那麼即使是阿斯拉王國也得有所顧忌，無法像現在這樣貿然出手。更何況，這是為了我國的將來啊。」

畢歐……不對，斯特爾畢歐一邊這樣說道，同時走向王座，與王子交換位子。

將大道理侃侃而談的他，身上並沒有散發能幹男人的氣場。

給人的氛圍反而像是不起眼的男人。

「好啦，魯迪烏斯閣下。」

「是。」

「我接受你的提案。」

國王很乾脆地這樣說道。

他肯定早就找到了答案。

從他對我述說自己國家的種種事蹟的那個瞬間開始。

或者說，是聽說我會來，隱藏身分接近我的時候開始。

只不過，也有人沒辦法接受。

或許他就是為了讓這些人接受，才為我準備了這個舞臺。

「感謝您。」

我遵照禮儀，低頭致意。

但是，頭上立刻傳出聲音。

「好了，抬起頭來。」

我依言抬頭之後，看到國王露出苦笑。

那是沒有任何威嚴，一名疲憊男人的苦笑。

「如今的王龍王國，就是這種程度。混亂狀態始終持續不斷，都得歸咎我這個優柔寡斷又沒有威嚴的國王。雖說對著眼八十年後而進行準備的你過意不去，但我或許無法提供什麼了不起的協助。」

「……不。只是，我可以請教一件事嗎？」

「怎麼了？」

「為什麼要做出那樣的舉動？」

我一這樣詢問，國王再次露出苦笑。

「我只是想要了解你這個人。」

「了解我，是嗎……」

「不是像現在這樣的上下關係，而是坐在彼此左右，說些什麼、做些什麼、確認對方是否為值得信賴的人物……我也頂多只能做到這點。」

噢，是這樣啊。這才是這位國王的本性嗎？

領悟到這點的同時，我想起了奧爾斯帝德的情報。

王龍國王斯特爾畢歐的在位期間很短。

再過不到十年他就會罹患重病，將王位讓給兒子。

卡克蘭德成為國王後的王龍王國，會展現出飛躍性的成長。從那時起才是王龍王國真正的開始……斯特爾畢歐只是過度期的人物。

所以，我才會對這個人物沒什麼印象。

但是，為什麼呢？現在比起身為重要人物的夏加爾或是卡克蘭德，我更在意眼前這位國王。

腦裡閃過前幾天看到的，他在介紹自國料理、名勝古蹟及特產品時的表情。

真的由衷感到開心，真的很引以為傲地介紹的他的表情。

「我很喜歡這樣的你。」

想必他根本不想當什麼國王。

他絲毫不認為自己有那樣的素質。

而且實際上，他的確沒有素質也沒有才能。

可是，他卻不得不坐在這個被鎧甲包圍的王座。履行身為國王的職責。

但是他絕不會自暴自棄，而是受到周遭人士協助，同時完成自己能辦到的事，作為一位國王努力活到現在。不，是活下去。

至少，要扮演一個像樣的國王。

這都是為了最喜歡的這個國家。

「哈哈哈，喜歡嗎？真是失禮的傢伙啊。魯迪烏斯・格雷拉特。」

「若有冒犯，還請見諒。」

他這個人肯定不會在歷史上留名。

就算與他深交，勢必也不會得到什麼莫大利益。

「對於無禮之徒，就讓我苦口婆心地告訴你一件好事。你也要告訴惦記於帕庫斯二世的札諾巴前王子。」

「請問是？」

「起碼也要記得各國國王的長相。就算乏味也是。」

「啊哈哈……實在抱歉。」

不過，在他有生之年，我想與他好好相處。

我對國王這番話露出苦笑，純粹地這樣認為。

★ ★ ★

就這樣，小帕庫斯已無性命之憂。

班妮狄克特再怎麼說也是王族，所以小帕庫斯與班妮狄克特的人身安全會由王龍王國負起責任保護。

起碼今後班妮狄克特不用再每天惴惴不安，藍道夫也很開心。

王龍王國也是，當前的威脅消失，也不須失去藍道夫，結果可說是皆大歡喜。

順帶一提，我也完成當初的目的「通緝基斯」，暫時鬆了口氣。

設立傭兵團一事雖然得先暫時留待下次機會，但只要趁那位國王在位時提出要求，應該是十拿九穩。

看來今後似乎能和王龍王國保持良好關係。如果這件事不是自導自演就是最好結果……但這樣說下去可是沒完沒了。

雖然欠了愛麗兒與教皇人情，但總有一天會還的。
小帕庫斯這件事或許在幾年後還會有變故，到時再與札諾巴一起將這件事重新做個了斷吧。
「哎呀，得救了。因為再這樣下去，我說不定就只能帶著主人毀滅王龍王國不可了。」
離去之際，藍道夫一邊喀喀笑著，同時這樣說道。
實際上，這個男人沒有那樣的實力。奧爾斯帝德是這樣告訴我的。但是，想必他有破釜沉舟的決心。
要與藍道夫戰鬥犧牲士兵，或是在將來與西隆王國產生糾紛。
不知為何西隆的上層部選擇了前者，也太蠢了吧……我之所以會這樣想，想必是因為我當面見識過藍道夫的實力。
「可是，既然你受到國王陛下青睞，我也派不上用場了。我其實很想在王龍王國內當一個值得信賴的伙伴……這可不妥。我該如何報答這份恩情呢……」
「既然當前的威脅已經消失，如果你願意來戰場我會很開心的。」
「雖說沒有人覬覦皇子性命，但不能斷言沒有生命危險吧？」
「明明事情都在你計劃之中，還真是厚臉皮啊。」
雖然是我的猜測，但將我來到王龍王國一事告訴斯特爾畢歐的人應該是藍道夫。只要不經意地點出王龍王國的問題，我就會暗中將事情引導至好的方向。這樣進言的或許也是藍道夫。

不，這樣就太多疑了嗎？

不過就是會讓人懷疑嘛……畢竟是那個死神藍道夫啊。

「哎呀，我不懂你在說什麼。因為陛下會採取行動，連我也是始料未及。」

藍道夫雖然這樣說，但一臉感覺就是「是我策劃的」。

不管怎麼樣，他似乎無論如何都不打算離開班妮狄克特身邊。

在與基斯戰鬥時無法算上戰力……算了，這樣或許也好。

「毋須在意，藍道夫先生只要待在班妮狄克特大人與皇子身邊即可。」

此時，札諾巴插口說話。

他為了以備這次談判破裂，一直陪在藍道夫他們身邊。

要是真的演變成危險狀況，對方下令「立刻殺死小帕庫斯！」，就能夠立刻採取行動。

當然，為了不演變成那樣，我事先已經打點妥當，實際上雖然也是和平收場，但姑且為了保險起見。

「是，我會這麼做的。」

藍道夫露出賊笑。一臉事情都如他所料的表情。

「可是，就算只是形式上，我也必須要道謝才行。要是就這樣放著不管，我將會被後世評為不懂知恩圖報的男人。」

不，我想應該沒人會這樣流傳。

該怎麼說，不管做什麼，我認為都會以偏向詐騙集團的感覺流傳。

「話說魯迪烏斯先生，你知道魔界大帝奇希莉卡‧奇希里斯嗎？」

「知道。我曾見過她兩次。」

「若是你在找人，我建議先找到她的下落。」

對喔。還有奇希莉卡。

聽說洛琪希也曾借用她的能力找過塞妮絲。她擁有類似千里眼的魔眼。確實只要拜託她，基斯的所在地也可以一次就……是不到那麼準確，但應該能縮小相當範圍。

我為什麼沒有想到？

不對，是因為我不太清楚那是否算是值得仰賴的存在。

「儘管她可能會要求代價，到時只要讓她看這枚戒指，說是『藍道夫的請求』，就算是略為過分的要求應該也會答應。」

「喔喔……」

居然不用再請奇希莉卡吃飯。

「明白了。那麼我就收下了。」

我從藍道夫手上收下一枚白色戒指。

恐怕是以某種骨頭製成，令人感覺不舒服的道具。雖然好像會被詛咒，但還是裝上吧。

藍道夫給我的介紹信沒有派上什麼用場，不曉得這枚戒指究竟會有多少效力。

話雖如此，別看藍道夫這樣，他這個男人似乎很堅守禮節，暫時就用這個來抵吧。

「不管怎麼樣，幸好有幫到帕庫斯。這樣一來班妮狄克特大人也能放下心中大石，專心養育孩子。」

此時，札諾巴突然靠近班妮狄克特的臉。

正確來說，是靠近小帕庫斯，但是──

「……」

班妮狄克特又再次畏懼……我原本這樣想，但她雖然抿緊嘴唇，卻回頭望向札諾巴。

「謝……」

像是不小心發出的微弱聲音。

「謝謝。感謝，兩位的，幫助。」

結結巴巴，好像說了很不習慣的話。可是，那一定是她的肺腑之言。

「嗯。」

札諾巴露出微笑。

「喔喔對了，差點忘了。」

此時，札諾巴就像突然想起來似的敲了敲手。

「茱麗。」

他呼叫待在背後的茱麗。

茱麗輕輕點頭，卸下揹著的行李，從裡面取出一個箱子。

是被塗成白色，經過裝飾點綴的箱子……哎呀，我好像曾在哪看過……噢，氛圍和西隆王國的王城很相像。

茱麗一打開箱子，便看到裡面的裝飾猶如附加天篷的床。

躺在床上的，是一具人偶。

「啊。」

「是為了這天託人製作的。請妳收下。」

班妮狄克特緩緩伸手。

她取出躺在箱子裡的人偶，目不轉睛地凝視。

金髮、身高矮小、矮胖身材。可是卻一眼就能看出這具人偶是「他」。

是帕庫斯人偶。

「因為在位期間短暫，想必沒有繪製肖像畫，是依照本人的記憶所做。不過實際上動工製作的是這位茱麗。」

「啊……啊啊……」

班妮狄克特的淚珠撲簌簌地從眼睛滑落。

她看著人偶，不斷顫抖，發出嗚咽聲……然而，她立刻擤了鼻水，轉向札諾巴。

「我會……好好珍惜。」

皇子與帕庫斯人偶。班妮狄克特抱著雙方這樣說道。

「是，請務必這麼做。話雖如此，有形之物終會損壞。要是傷到，請知會本人一聲。本人會立刻趕到。」

「我會，拜託你的……」

班妮狄克特輕輕點頭。

糟糕啊。感覺我也要跟著落淚了。札諾巴，幹得漂亮。

「好啦，札諾巴。我差不多該走了。」

「明白了，師傅。接下來請交給本人。」

在這次的事件中，我拜託愛夏、札諾巴以及茱麗三人協助阿斯拉與米里斯居中調解，暫時留在這裡一陣子。

「嗯，交給你了。」

我就不用說，札諾巴其實也有許多事情要忙。

雖說札諾巴商行上了軌道，但不繼續發展下去會讓我傷腦筋。

像是魔導鎧的開發也必須交給他來處理。

儘管這次沒有活躍的機會，但他是個可靠的男人，今後也繼續拜託他吧。

「那麼，我先告辭了。」

「好的，魯迪烏斯先生，祝您戰無不勝。」

「藍道夫先生，也請你保重。」

就這樣，我離開了王龍王國。

下一個目的地是魔大陸。

當然，我並非要去尋找奇希莉卡。我沒有去找那種連在哪裡都不曉得的存在，繞遍各處的餘裕。當然，也並非不去找她，但暫時先擱在一旁。

接下來要去找別的人物搭話。

不死魔王阿托菲拉托菲。

閒話「藍與紅」

這天，洛琪希在自家製作學校要用的講義。

原本雖然是假日，但洛琪希是屬於想根據學生的理解程度調整教育方針的類型，所以有時會像這樣利用假日出試卷。

「嗯？」

這樣的洛琪希，突然聞到一股焦臭味。

她抬頭望去，發現房間不知為何好像升起了冉冉白煙。

「……！」

洛琪希猛然起身，將門打開。

然後，發現走廊比洛琪希的房間瀰漫著更多白煙。

洛琪希以長袍衣襬遮住口鼻，朝著樓梯下方衝去。

（火災？）

所幸今天沒有任何人在家。

希露菲帶孩子們去散步。與孩子們散步會由母親輪流負責，但今天莉莉雅與塞妮絲也一起陪同，直到過午之前都不會回來。

平常的話愛夏會在，但她現在與魯迪烏斯一起前往王龍王國。

因此不需要讓任何人避難。

然而這裡是自己家，洛琪希肩負看家任務。要是當大家回來時發現家已經沒了，就算沒那麼誇張，如果有一半燒焦，也沒臉見大家。

洛琪希試圖滅火，尋找濃煙的來源。

她走下樓梯，望向開著的門裡面。先是右邊的客廳，然後是左邊的餐廳。

設置在每個地方的暖爐都沒有起火。看來起火處並不在附近。

既然這樣——洛琪希穿過走廊，前往廚房。

起火處就在那裡。

不對，正確來說，火勢並沒有那麼旺盛。

有個罕見人物以雙腳大開的姿勢站在爐灶前面。

將鮮紅長髮綁在後面，穿著呈現出身體曲線的黑色貼身衣物站著的高挑女性。

是艾莉絲。當然，艾莉絲待在家裡並不稀奇。稀奇的是她待在廚房。艾莉絲基本上不會進廚房。若是要找待在廚房的某人倒另當別論，但她平常不會進入，就像是在表示那並非自己的勢力範圍。

然而，今天艾莉絲卻罕見地待在廚房。

她一如往常地環起雙臂，瞪視著冉冉升起濃煙的某個物體。

儘管物體已經焦黑，無法判斷那究竟是什麼……不過大概能判斷是約為二十公分的物體。

（難道有老鼠嗎？）

在這個格雷拉特宅邸，老鼠被視為禁忌存在。一旦發現就得立刻撲殺，並戴著手套與口罩焚燒處分，將骨灰扔到城鎮外頭，就是這個家的規矩。

順帶一提，這是魯迪烏斯的方針。原因想必是那個未來的自己所帶來的日記上寫的老鼠。

尤其是洛琪希，魯迪烏斯千交待萬交待要她小心老鼠。

自己又不是會撿東西來吃的小孩……雖然洛琪希這樣想，但畢竟狀況特殊，洛琪希也十分小心。尤其是在懷孕期間。

不過俗話說好了傷疤忘了疼，最近稍稍有些鬆懈。

然而就算是艾莉絲，想必也不會在家裡廚房燒老鼠。

大概。

「……啊。」

艾莉絲一看到洛琪希，突然渾身一顫。

簡直就像是被目擊到自己做了什麼壞事。

「……在偷吃嗎？」

「才……才不是。」

艾莉絲說完這句話，肚子立刻咕嚕作響。

洛琪希才因此注意到。

今天家裡沒人。換句話說，沒有任何一個人會做午飯。

話雖如此，艾莉絲今天到下午應該都待在魔法大學，教導學生劍術才對。魔法大學的餐廳就算是在假日也開著。像這種日子，她通常會在學生餐廳用餐。

「妳沒有去學生餐廳嗎？」

「聽說廚師病倒了，今天休息。」

「原來如此。」

順帶一提，由於洛琪希原本也打算做完工作後去學生餐廳，計畫意外落空。

好啦，該怎麼辦才好？這樣心想的洛琪希，總之先指向了冉冉升起濃煙的某個物體。

「那是？」

「是肉。」

「不會烤太久嗎？」

「……因為我很久沒烤了。」

似乎是失敗了。

這樣判斷的洛琪希，立刻用水魔術將爐灶的火熄滅。

「啊……」

儘管艾莉絲發出輕微的抗議聲音，但是看到從煙裡面出現的木炭，立刻無話可說，抿緊嘴巴。

洛琪希順勢打開後門，用風魔術開始換氣。

「這樣可沒辦法吃呢。」

「是啊。」

艾莉絲一邊這樣說，一邊以類似瞪視的眼神看著洛琪希。

因為她覺得自己會遭到責備。

但是洛琪希並沒有生氣。如果理由很清楚，自然沒有生氣的必要。畢竟也沒有釀成火災。

「不介意的話，我來做點什麼吧？」

「妳會嗎？」
「唔。我好歹也曾是冒險者。簡單的料理難不倒我的。」
「是嗎……那就麻煩妳了。」
洛琪希挺起平坦的胸膛後，艾莉絲便這樣回答，往後退一步。
「說是這樣說，但真的是很簡單的東西。」
廚房是希露菲、莉莉雅以及愛夏的聖域。
雖說並不是除了三人以外禁止使用，但要是搞得一團亂，她們就不會擺出好臉色。比方說，對預備要用在晚餐的食材出手是ＮＧ行為。
那麼，是所有食材都不能動用嗎？也不至於這麼誇張。
保存糧食的肉乾、魚乾以及蔬菜之類，在有點餓的時候可以吃。
洛琪希決定用這些來做濃湯。
她以水魔術將鍋子盛滿水，在爐灶起火、切食材，然後扔進鍋子。
以料理來說很隨便，但洛琪希以前是冒險者。只要能吃，就算是魔物的生肉也不成問題。
而且洛琪希還找到了可能是早上烤的麵包。
格雷拉特家除了戶長魯迪烏斯以外，基本上都是麵包主義。
「……」
艾莉絲站在廚房角落，專注地看著那樣的洛琪希。

「我還以為洛琪希做不來這種事。」

「不知為何大家都這樣說，實在讓我很難過……艾莉絲也不會吧？」

洛琪希這樣一說，艾莉絲便板起臉孔。

「至少我會生火烤肉……雖然失敗了。」

「原來如此。不過，一般來說都是這樣吧。」

大部分冒險者與艾莉絲並沒有太大差異。

然而，在隊伍裡大多至少會有一個傢伙擅長處理乾貨或是烹煮濃湯。

儘管洛琪希原本並不擅長這類事情，但由於她經常獨自旅行，自然而然便學會了。

「以前，我曾經想跟別人學。」

「噢，跟誰學？」

「……基斯。」

「喔喔，對象不錯。畢竟基斯比一般廚師還要高竿。」

洛琪希沒有刻意迴避話題。

儘管基斯成為了敵人，但與現在這個話題無關。

「妳有學到嗎？」

「他沒有教我。」

「為什麼？」

洛琪希這樣反問，艾莉絲的臉頰頓時有些泛紅，轉向旁邊。

「……他說不能教女人做料理。」

「喔喔，是『忌諱』呢。」

「沒錯，是『忌諱』。」

洛琪希與艾莉絲面面相覷，嘻嘻地笑了。

★　★　★

洛琪希做的濃湯雖說沒有很美味，但也不至於特別難喝。是種難以言喻的味道。具體來說，鹹淡調味很隨便，非常鹹。順帶一提，她做太多了。足足有五人份。

「再來一盤！」

可是，艾莉絲卻喝得津津有味。而且還多盛了三盤。

吃起來甚至比平常更津津有味，但是站在洛琪希的角度來看，會覺得她是在客氣。儘管不美味，但要是剩下來也不好，所以才會特地再來一盤。

當然，艾莉絲並沒有那麼靈活的溝通能力。只是剛運動完肚子很餓再加上流汗，所以身體才會渴求鹽分。

（仔細想想，幾乎從來沒有像這樣與艾莉絲兩個人單獨說話。）

自艾莉絲來到格雷拉特宅邸後，已經過了幾年。

儘管彼此會不自覺地去仰賴對方拿手的領域，但或許是因為兩人都不是喜歡高談闊論的人，感覺並沒有變得那麼親密。

「嗳，洛琪希。」

當洛琪希在思考著這種事情時，艾莉絲突然向她搭話。

「要再來一盤嗎？」

「不，不是。我有事情要拜託妳。」

「哦？」

拜託——這種事並不稀奇。

艾莉絲不會吝惜拜託別人。是會把自己不擅長的事情毫不客氣地交給他人的類型。

「如果我辦得到的話。」

「我希望妳教我魔神語。」

「……我聽說艾莉絲已經學會魔神語了。」

「因為我有很長一段時間沒用，會擔心自己講不講得出來。」

「原來如此。」

魯迪烏斯目前正待在王龍王國，聽說他接下來將會依照預定前往魔大陸，拜訪魔王阿托菲拉托菲。

屆時洛琪希與艾莉絲也會同行。

儘管艾莉絲幾乎不需要交談，但想必她很擔心自己能不能跟得上話題。要是無法對話，自然也難以單獨行動。

「味道如何？」

洛琪希唐突地用魔神語這樣詢問。

儘管艾莉絲一瞬間擺出了錯愕表情，但立刻又掛上正經八百的神色看向洛琪希。

「很好喝。」

「對我來說，有些太鹹了。」

「什麼啦？」

艾莉絲這樣說完，呵呵地笑了。

「妳這不是對答如流嗎？」

「是啊。比想像中還要更了解意思。」

「要再稍微講一下嗎？」

「拜託了。」

後來，洛琪希與艾莉絲用魔神語聊著不著邊際的話題。

孩子們的事情、在學校的事情。平常不太會說出口的話，如果是用魔神語就能說得出口。

經過了這段時間，讓洛琪希不由自主地覺得與艾莉絲變得更加要好了。

第六話「潛入，涅克羅斯要塞」

魔大陸加斯羅地區。

該處是魔大陸上最為嚴苛的土地之一。

棲息在魔大陸的魔物，原本與其他大陸相較之下就非常強力，數量也更多。

但是，即使在魔大陸也存在著所謂的分布區域。

如同比耶寇亞地區有較多的毒酸狼(Acid Wolf)及帕克斯郊狼(Pax Coyote)，這個地區也棲息著比其他地區更多的特定魔物。

會吐出石化氣息的蛇尾雞(Basilisk)。

能自由在天空盤旋，擁有強韌下巴與毒爪的黑龍獸(Black Drake)。

以自己的黏液做出池塘，襲擊來喝水之人的巨大湖水蟲(Lake Water Bug)。

擁有高度敏捷性，全身由對魔術具有抗性的堅硬鱗片覆蓋的白牙大蛇……

其他，還有遍布著毒氣的地區，深不見底的幽谷。

不管哪種魔物都是凶惡狂暴，盡是些危險地帶。

因此加斯羅地區就算在魔大陸當中，也被稱為魔境。

城鎮與聚落的數量極端稀少，全都化為堅固的要塞，鮮少冒險者來到此地。

但是，據說有某群人將這裡視為最終目標。

原因是這裡有從前的「五大魔王」——不死的涅克羅斯拉克羅斯所建造的，魔大陸最大的要塞。

支配該處的，是魔王阿托菲拉托菲。

加斯羅地區的「不死魔王」。

在四百年前的戰爭，跟隨拉普拉斯陣營大展雄風，與甲龍王佩爾基烏斯交鋒數次的猛將。

關於她，在周遊練武之人當中煞有其事地流傳著一個傳說。

「渴望力量之人啊，去旅行吧。

渴望力量之人啊，前往魔大陸吧。

行遍魔大陸，抵達涅克羅斯要塞。

攻進涅克羅斯要塞，晉見不死魔王阿托菲拉托菲。

向那名魔王展示力量，渴求更強大的力量。

如此一來你將獲得力量。獲得壓倒性的力量。」

沒錯，某群人就是周遊各地的練武之人。他們為了追求力量而相信傳說，向著這塊土地踏上旅程。

然而抵達終點的，卻沒有任何人回來。傳說究竟是不是真的，或者只是單純令人懷疑的謠言……無人知道真相。

不過我其實知道。

半數死在旅途當中；而剩下的大部分，就這樣被吸收為阿托菲親衛隊。

雖說偶爾也會有回來的傢伙……但就算一個人或兩個人說出真相，謠言也不可能因此消失。

這個謠言，肯定是阿托菲的親信穆亞散播的。

實在是可怕的陷阱。居然玩弄練武之人的純樸心靈，堪稱惡魔的陷阱。

好啦。包含我在內共三名成員，要去見這樣的她一面。

是我、艾莉絲以及洛琪希。

順帶一提，也帶了酒當作貢品。

因為根據奧爾斯帝德所給的情報，阿托菲好像喜歡喝酒。

算了，即使準備再怎麼周到大概也會莫名開戰吧。

★　★　★

涅克羅斯要塞從轉移魔法陣的遺跡只有三小時路程。

儘管距離不怎麼遙遠，但轉移魔法陣所在的遺跡位於山裡，而且還是黑龍獸的巢穴。

我們將襲來的黑色飛龍殺得片甲不留。

用打倒的飛龍烤肉，再拿找到的蛋做成煎蛋捲飽餐一頓，順利通過。

因為場所位置稍有高度，我們時而迴避沿路襲來的各種魔物，時而一邊打倒牠們一邊下山，花了差不多整整一天。

距離村落位置如此近的轉移魔法陣還是第一次……

應該說，第一次看到有村落座落在魔力濃度如此高的場所。

「嗯，綽有餘裕。」

相較之下，艾莉絲一臉欣喜地砍倒不斷襲來的魔物。

就像是在驗證每日訓練的成果。也對，畢竟她明明平常就總是不斷練習空揮，實戰的機會卻是少之又少……

她好像會在我沒看到的時候，去狩獵城鎮周邊的魔物。

「真不愧是嚴酷的場所……一想到要是一個人來這邊，就讓我不寒而慄。」

相較之下，洛琪希看起來很是疲憊。

她盡可能地努力帶我們走不會被魔物發現的路線。

能夠守住要當伴手禮的酒，就算說得歸功於她也不為過。

「洛琪希也還不行啊！妳的身手是不是變鈍了？」

「我不否認。以前當冒險者的時候還能動得更靈活些，但最近都是在桌前工作。」

「這樣會被學生看不起的。」

「那麼，請妳下次稍微陪我練習。」

「好啊！」

我一邊聽著艾莉絲與洛琪希的對話，俯瞰呈現在眼前的要塞。

首先，要塞整體顏色黝黑。想必是與奇希莉卡城用相同材質打造。

大小不怎麼巨大，感覺就像被厚重城牆守護的城堡與城鎮，在這個世界並沒有那麼稀罕。

體現要塞這個詞的，是其構造。

要塞被城牆劃分為五個區塊，各自以階梯狀連接。

下面三層是普通的首都城邑。從上面數來第二層，可以看見沒有生活感的建築物以及類似寬敞運動場的區域。恐怕是軍事設施。

而最高的位置，有棟像是城堡的黑色建築物巍然聳立。那就是天守閣吧。

我們是從這個要塞的後方靠近。

從這邊望去感覺毫無防備。

因為後面有山脈保護，這也是理所當然。

「啊，有人。」

我一邊思考一邊靠近，赫然看到城牆上站著人影。

身穿黑色甲冑的人大約五個。

他們看到我們之後，莫名地吵吵嚷嚷起來。

「應該是因為我們從這側進城，違反了禮儀吧？」

「不，沒有那樣的禮儀。只是會從山脈這側來訪的旅客比較少見吧。」

洛琪希鐵口直斷地這樣回答時，艾莉絲已經踩著大步往前邁進。

要是對方從上面射箭攻擊該怎麼辦？雖然我這樣心想，但站在城牆上的他們並沒有任何動靜。

不久，我們來到了城牆正下方。

確認到眼前有扇巨大的門，姑且算是後門吧。

由於城門與黑色城牆同樣漆成黑色，從遠處看不清楚，但走近一看便一目了然。

「英雄啊！真虧你能抵達涅克羅斯要塞！」

是魔神語。

好久沒聽到了……聽說只要騎過一次腳踏車，就算年紀大了也依然會騎，學過一次的語言好像也不會輕易遺忘。

話說，英雄是什麼意思？

「居然能翻越惡魔之山，著實令人欽佩！」

「你所追求的是勇者的名譽？還是魔王的力量！」

「無論是何者都無關緊要！」

「若是想通過這裡！」
「就得打倒吾等阿托菲親衛隊！」
總而言之，好像是不得通行的意思。
說得也對。想必沒有一個國家會讓陌生男人從後門進入城堡。
「明白了。那我繞去正門。」
入境隨俗。
現在就老實地繞道而行吧。畢竟我們立場上是來拜託別人。
「…………」
「……」
總覺得黑鎧士兵好像很傷腦筋。表現出不知該如何是好的態度與隔壁的傢伙商量。
儘管我聽說過阿托菲的事蹟，但沒聽說會在門前進行這樣的問答。
難道我說錯了什麼話嗎……？
「啊，如果可以，請姑且幫我轉告穆亞先生，魯迪烏斯・格雷拉特帶了貢品晉見阿托菲大人。」
或許先表明我並不是可疑人物比較妥當。
當我這樣想著，打算轉過身子時……
「慢著！你是阿托菲大人的客人嗎！」

響起了這樣的聲音。

「是的，以前曾經稍微承蒙她關照！這次是來問候她的！」

「……知道了，稍等一會兒！」

喔喔。好像願意幫我開門。

因為要繞遠路也很麻煩，能放我們進去自然是再好不過。

「我本來想從正面進去。」

艾莉絲雖然這樣抱怨，但我覺得從後門就好。

依序打倒親衛隊四天王的遊樂設施，我可是敬謝不敏。

★★★

涅克羅斯要塞的晉見之間。

那裡沒有天花板，是戶外。漫長樓梯的兩側豎著粗壯柱子，上頭鑲有宛如惡魔般的雕刻。

走到樓梯頂端，映入眼簾的是寬敞的大廳。

大廳由點著紫色火焰的燭臺團團包圍，而且在每座燭臺前面，都有身穿黑色鎧甲的士兵比肩而立。

大廳是開放式空間，既無牆壁也無扶手。只要靠近大廳角落，想必能將涅克羅斯要塞的首都城邑一覽無遺。
而在其深處，是一座鑲有不祥氛圍裝飾的王座。
不對，這裡才不是晉見之間。
八成是那個。在緊要關頭會描繪巨大魔法陣，召喚上古大惡魔之類的場所。
然後，前來阻止這件事的勇者一行人，將會與魔王戰鬥。
這裡肯定是那種場所。
不是晉見之間。
是決戰之地。
「英雄啊，真虧你能抵達這裡！」
好啦，王座上坐著一個女人。
身穿與周圍同樣黑色鎧甲的女人，身高與艾莉絲相差無幾。
她帶著一臉雀躍表情挺起身子，用力甩動披風。
往山林那頭落下的黃昏，為她的身影罩上深邃陰影。
若是只看這個身影，給人的感覺著實充滿莊嚴與幻想。只看身影的話。
「我就是不死魔王阿托菲拉托菲．雷白克！」
我們從後門進入要塞，引見給穆亞，再到這個決戰之地，中間大約花了兩個小時。
難道她是在這短短期間特地準備的嗎？

或者說，她明白會有這幕充滿幻想的景象，所以才故意等到日落？

雖然不知道原因為何，但就給五顆星吧。

「真虧你能以人類之軀抵達這裡！」

「克服了諸多苦難的勇者啊！我問你！」

「你渴望得到的是身為勇者的名譽？英雄的稱號？還是……魔王的力量？」

真討厭的問題。要是在這裡回答勇者或是英雄，就會被痛揍一頓收為屬下；要是回答魔王的力量，雖然不會被痛揍但會直接變為屬下。

只能回答「是」的究極二選題。

「哼哼……」

啊，艾莉絲看起來躍躍欲試。也對，畢竟妳好像很喜歡這種情境。

「阿托菲大人……如此如此這般這般……」

此時，站在身旁身穿黑色鎧甲的穆亞，開始在阿托菲耳邊低語著什麼。

是在討論流程安排嗎？我應該已經聲明過是來賠罪的，她卻說英雄啥的，很可能是有什麼誤會。

「囉唆！從這邊太亮了我根本搞不清楚！」

阿托菲拳！

穆亞同學遭到揍飛。

「讓我看你的臉！」

阿托菲舉著把穆亞揍飛的拳頭，就這樣大步走向這邊。

然後，來到了我的眼前。

「啊。」

與我四目相對的瞬間，阿托菲的臉轉眼扭曲。

猙獰的笑容。

然後，她以低沉嗓音這樣說道。

「是你啊……」

這聲音就像是在表達「找到了」。

好恐怖。

「……好……好久不見。」

「勾結佩爾基烏斯，讓我，掉入陷阱的你，居然大搖大擺地，出現在，我的面前啊……」

阿托菲臉上掛著滿是猙獰的笑容。

但是，這件事我早就料到。正是為此才會把貢品帶來。

這次就算說是來賠罪的也不為過。

「關於這件事，那個，其實我想主動跟您賠不是……」

「很好。你的表情比之前更有男子氣概。這張臉不錯，是下定決心的表情。從前挑戰我的勇者都是這樣的表情。」

阿托菲沒在聽我說話。

她只是睜大雙眼，同時把臉靠近我，然後露齒會心一笑。

看得見彷彿發出尖銳聲音的牙齒。

「是抱有必死決心的人會有的表情。」

奇……奇怪，不該是這樣啊？

我明明事前老早就預料到這種狀況……奇怪？為什麼，腳在顫抖？

糟……糟糕，不只是腳，渾身都在打顫……

「嗯？」

此時，我的視野突然染成一片赤紅。

紅色頭髮。

「你讓開。」

艾莉絲站在我與阿托菲之間。

「妳誰啊？」

「艾莉絲．格雷拉特。」

「哦？」

阿托菲往後退了一步。

然後，目不轉睛地盯著艾莉絲的臉。

「表情不錯，殺氣一流，也帶著好武器。再加上隨時都會朝我砍過來的那股氣概……」

阿托菲以銳利目光緊盯艾莉絲。

艾莉絲也不甘示弱，以猶如野獸般銳利的眼神回瞪阿托菲。

緊張氣氛一觸即發——

「妳就是勇者嗎？」

「沒錯。」

不對吧？妳在說什麼啊？

「那邊的女人一直聚精會神地觀察周圍……是魔術師吧？」

「……是的。我叫洛琪希·格雷拉特。初次見面，我深感榮幸。」

洛琪希稍稍拉低帽沿，打了聲招呼。

居然用猜的……只要看到服裝就算不問也知道是魔術師吧。

「妳的表情也很不錯。準備好與我一戰了是嗎？」

「……假如魔王陛下決心殺害我的弟子，那我也只能盡棉薄之力。」

噢，就連那個冷靜的洛琪希都打算一戰嗎？也就是說，我現在抖得有這麼誇張嗎？

甚至讓她們覺得非得挺身保護我不可。

這樣下去不行啊。

我得振作才行。

「既然這樣，你是……」

她望向我。我已經不再顫抖。而是抱著堅定意志回瞪她。

「你是……什麼？」

什麼是什麼？我是什麼？問我是什麼也很令人困擾。

不對等等，冷靜下來想想。艾莉絲是勇者，洛琪希是魔術師。儘管人不在場，但希露菲大概相當於魔法戰士或是盜賊。那麼我是僧侶……不對等等，我感覺不太像僧侶。僧侶是克里夫。當然我也不是戰士。

那果然是……

「魔術師？」

「蠢蛋！魔術師怎麼會有兩人！」

被蠢蛋罵蠢蛋了……不過也對。原來如此，是這種規則啊。每個人一個角色。

嗯？不過這樣一來，如果不是魔術師，那我的角色又是什麼？

我在這個隊伍相當於什麼立場？

不對等等，現在先冷靜下來，拓展視野好好思考。

艾莉絲是勇者。剛剛在渾身發抖的我面前瀟灑現身，成為我的盾牌。

換句話說，我的立場是被她拯救的人……也就是說我是……

「公主殿下？」

「咯咯咯，你就是公主啊……咯咯咯……咯咯咯？」

糟糕，阿托菲大人腦袋當機了。她的笑聲裡面帶有疑問。

那個阿托菲，猶如獵物當前的肉食獸那般，以帶有惡意的眼神瞪視對方的阿托菲，正以有些困擾的神情讓視線左右漂移不定。

「你在說什麼啊……」

洛琪希也擺出傻眼表情。

「魯迪烏斯是那個啦！賢者之類，就是那種！」

艾莉絲這樣為我說話。

不過啊艾莉絲，這陣子的我是禁慾的魯迪烏斯，很少進入賢者模式。是愚者啊。The fool。

況且愛麗兒也說我是小丑。

「什麼稱號都不要緊。我是魯迪烏斯·格雷拉特。」

我就是我！除此之外誰都不是。

「咯咯咯，有意思。三個人都是格雷拉特……居然會有名字相同的人偶然聚在一起，出現在我的面前，實在有意思。」

這個解釋方法確實很有意思。艾莉絲與洛琪希都是我的妻子。

嗯。好，冷靜下來了。

「阿托菲大人。在戰鬥之前，是否能先聽我說句話？」

我幫顫抖的雙腿打氣，重新面對阿托菲。

「為何？」

「因為我是來談事情的。」

「我討厭說話。因為你們人族老是說些我聽不懂的話。」

「我想今天要說的話應該很好懂。」

此時，我向洛琪希使了個眼色。

她放下揹在身後的包包，從裡面取出一個木箱。

我接過箱子後，以雙手恭敬舉起，畢恭畢敬地呈給阿托菲。

「首先請收下這個。這是為了對以前的失禮賠罪，用來表示歉意的物品。」

「這是什麼？」

「是在阿斯拉王國釀造的葡萄酒。」

「酒嗎！」

阿托菲的臉色變了。

和情報說的一樣。據奧爾斯帝德所說，與她戰鬥的勇者當中，也有人向她挑戰喝酒，打算灌醉她之後再趁她酩酊大醉將其打倒。

順帶一提，聽說結果是他們輸了。

輸在酒量。
「這是在阿斯拉王國加冕儀式之際，諾托斯．格雷拉特公獻給宮廷的貢品，是非常珍貴且價格昂貴的一品。」
「好喝嗎？」
「非常好喝。」
儘管我如此回答，但其實我也沒喝過，不清楚是否真的好喝。
據愛麗兒所說，聽說這是百年前釀造的葡萄酒。
這種酒極其甘醇，釀造葡萄酒的釀酒師的酒窖與葡萄田都被指定為王室御用等級，因為一下就喝光實在暴殄天物，所以全數沉眠在酒窖深處，只有在重大場合才會拿出。從那之後過了百年。由於王室重要活動很多，已經用完了所有庫存。
然而，那終究只是王室的窖藏。
負責生產的諾托斯．格雷拉特的儲藏庫還留有庫存。
在愛麗兒的加冕儀式上，諾托斯．格雷拉特將保管在儲藏庫的十瓶進獻給王家。
皮列蒙那個馬屁精。
現在的價格，一瓶約為三百枚阿斯拉金幣。相當於兩個莉妮亞。
所以應該很美味。
當然，並不是用買的。

我向愛麗兒詢問有沒有好酒之後，她就送了一瓶這個給我。

後來我向其他人詢問價格，著實嚇了一跳。

像王龍王國那件事她也很乾脆答應，最近愛麗兒真的是對我有求必應，有點可怕。

總覺得到時候真的會被她帶走一個孩子……

「是嗎？好喝嗎？」

「是。所以，還請您原諒上次的事。」

「原諒，因為我寬宏大量，佩爾基烏斯根本沒得比。我不會因為那種程度的事計較。」

「感謝您。」

總之，這樣可以算是把之前的事情付諸流水了吧？

只是她也可能黃湯下肚就什麼都不記得了。

「只不過，我不會原諒佩爾基烏斯。總有一天會殺了那傢伙。」

這倒是請您自便。那是你們雙方之間的問題。

佩爾基烏斯也不會特地來這邊低頭賠罪就是了。

「所以，你要講的就這樣嗎？」

「不，還有一件事。」

我從洛琪希的行李，拿出了另一瓶酒。

這瓶是奧爾斯帝德給的。既沒有放在木箱，也不明白製造商與價格。

酒色透明度低，老舊的瓶子上刻著來路不明的花紋。

只不過，奧爾斯帝德說如果是阿托菲肯定會很中意。

所以我認為酒的品質並不差。

「這是——」

「喂！」

被搶過去了。

「難道，這個是……怎麼可能……………穆亞——！」

聽到突如其來的大喊，黑鎧士兵們頓時鼓譟起來。

在有些動盪的氛圍中，有個人緩緩地朝這邊移動。

是剛才整張臉被打凹，倒在血泊之中的男子——穆亞。

「你看！是這個吧！」

穆亞接過酒瓶，仔細端詳表面。

然後，他觀察到瓶中有猶如玻璃珠的沉澱物，緩緩吐了口氣。

「和以前見到的東西可說是一模一樣。」

「對吧！喂，你從哪裡找到這個的！」

「那是吾主『龍神』奧爾斯帝德大人吩咐，要與阿托菲大人打好關係特別準備的。」

「龍神……！那麼，果然沒錯……！」

阿托菲看著酒瓶，同時渾身震顫。

「這個毫無疑問，是烏爾佩那傢伙在我與卡爾結婚時送來的，龍族代代相傳的夢幻祕酒！」

喔喔，原來還有這段故事。那當然會中意啦。

「其名為『龍神寶珠酒（Ale Schnile）』。」

嗚哇，好驚人的必殺技。我都要起雞皮疙瘩了。

是說，原來裡面是麥酒嗎？由於瓶身顏色很深，我其實看不太清楚。

「也就僅僅那天才喝過那麼一次。後來我就到處尋找那瓶酒，如今終於找到了！」

登登登——阿托菲舉起瓶子，感覺就像會發出效果音那般開心。

不管怎麼樣，既然她能開心自然是再好不過。

真不愧是奧爾斯帝德，對每個人的喜好都是瞭若指掌。

雖然對愛麗兒不好意思，但這場勝負似乎是奧爾斯帝德獲得壓倒性勝利。

「那麼，那瓶酒就——」

「決定了！我要打倒你，將這瓶酒搶過來！」

阿托菲右手拿著葡萄酒，左手拿著龍神寶珠酒，如此宣言。

想要的東西就靠實力搶奪。

不愧是魔王。

「獻給您！」

「什麼！」

「這是龍神奧爾斯帝德對不死魔王阿托菲，表示友好的小小證明！」

我大聲回應。

與阿托菲對話時，氣勢與大嗓門很重要。要是不說話就會被她的氣勢壓倒。

「？」

阿托菲頭上浮現問號。

當問號大約浮出三個時，阿托菲的腦袋就爆了。

「你這傢伙！是怕了嗎！跟我戰鬥！」

「要戰鬥是沒關係，但那瓶酒獻給您！」

「不懂你在說什麼！」

不知道嗎～這樣啊～我以為自己已經講得淺顯易懂了……

「既非宴會，也非慶典，並不是謝禮也不是為了賠罪。既然如此，你為什麼還要送出此等厚禮？」

這時，穆亞巧妙地接話。

也對。必須從這點開始說明才行。

「是。其實，不久後我將與一名叫基斯的男人戰鬥。那傢伙宣稱將會帶著強大的手下來打倒我……所以我希望能在那場戰鬥中，得到阿托菲大人的幫助。」

關於八十年後的拉普拉斯戰役，我沒有提及。

據奧爾斯帝德所說，就算要求她協助我們與拉普拉斯戰鬥，她也絕對不會點頭答應，反而會演變成戰鬥結束這次對談。

她並非是對拉普拉斯忠心耿耿，只是這件事太過困難，超出了她的理解能力。

就算是在奧爾斯帝德知道的未來，據說阿托菲也會毫無疑問地站在拉普拉斯那邊，因此我們訂立的方針是不要說服她才是明智之舉，

之後細微末節上的事情，再拜託穆亞應該就行了。

「也就是說，你希望與阿托菲大人共同戰鬥，是嗎？」

「就是這樣。」

因為穆亞翻譯得淺顯易懂，阿托菲好像也理解了。

「好，我知道了！因為我不是笨蛋！好吧！就這麼做！」

啊，不對，雖然是我的猜測，但阿托菲好像沒有理解。

她點了點頭，擺出與明明不懂卻說「我知道了」時的艾莉絲相同表情。

不管怎麼樣，既然會給出這種回答，表示阿托菲應該不會被基斯的花言巧語哄騙。

「所以，話說完了？」

「是。」

於是，我成功獲得了阿托菲的協助。

死神與不死魔王。

將曾經擊敗我的兩個人拉入我方陣營，感覺是占有很大優勢的局面。

雖然不清楚基斯在哪裡做些什麼，但目前看來可以說一帆風順。

哎呀，不過話又說回來，我原本以為肯定會演變成戰鬥而做足警惕，幸好不用戰——

「好，來決鬥吧！」

——奇怪？

「剛才你說『在戰鬥之前』對吧！話已經說完。那麼，接下來就是戰鬥！」

奇怪？我有說過那種話嗎？

可是……不對，咦？

我奉上美酒，得到她的原諒。她也答應要加入我方陣營……應該已經沒有戰鬥的理由。奇怪？奧爾斯帝德可沒有告訴我這種事。

「我乃不死魔王阿托菲拉托菲．雷白克。英雄們，三個人一起放馬過來吧！」

為什麼呀……

我感到困惑。洛琪希頭上也冒出問號。

親衛隊那群人倒是一副見怪不怪，想必這對阿托菲來說已經是老樣子吧？

即使如此，也依舊散發出傻眼的氛圍。

穆亞也是一臉「真沒辦法」的神情。

唯獨一人，就像是等這一刻很久似的站到前面。

「由我來對付妳。」

是艾莉絲。彷彿在說與距離無關，她走到阿托菲的眼前，湊近她的臉。

「噢，難道妳想和我一對一戰鬥嗎？」

接近到甚至以為要吻上的距離，狠狠瞪視。

「憑妳這種貨色，要魯迪烏斯出馬太浪費了。」

「真敢說啊，臭丫頭。」

阿托菲接受顯而易見的挑撥，殺意逐漸高漲。

「這百年來，敢這樣跟我說話的只有妳而已。」

要是雙手沒有拿著酒瓶，這段對白肯定相當帥氣。

不過要是就這樣戰鬥，酒瓶一定會破……

正當我這樣心想，穆亞從旁邊說：「由我來保管。」就拿走了。

「像妳這樣的傢伙，正適合當我的親衛隊。我會狠狠教訓妳，要妳成為我的屬下。」

「要是妳輸了，就得聽魯迪烏斯的話。」

「可以。」

戰鬥、打倒、成為伙伴！

事情再簡單不過嗎？

搞砸了。我有點會錯意了。

我獻出貢品，所以請原諒之前那件事，另外再獻出一個貢品，成為我的伙伴吧，這樣對阿托菲來說太難理解了！

不管怎麼樣，我打從一開始就知道可能會演變成戰鬥。

戰鬥、勝利，將魔王阿托菲納為伙伴。

為此所必須的步驟、準備，我都事先好好演練過了。

上吧。

「請等一下，阿托菲大人。」

此時，有人出聲打斷。是穆亞。

他衝向阿托菲身邊，開始在她耳邊交頭接耳。

可能是為了避開戰鬥要幫我說服她吧？了不起，有常識的人就是不一樣。不需要打不必要的戰鬥。Love & Peace。

「什麼……？」

不過，對阿托菲來說想必並不樂見。

居然對渴望戰鬥的魔王陛下說不要戰鬥，這個提案實在過於有勇無謀。

「那我可不能原諒啊……」

看吧，阿托菲陛下生氣了。看起來隨時會揍過去。

「喂，你。」

才這樣心想，我卻被傳喚。不斷地揮手示意我過去。不妙，難道我會被揍嗎……我有辦法好好擋住嗎……要是像穆亞一樣被揍臉可是會死的……

我像這樣戰戰兢兢地靠近，但阿托菲只是目不轉睛地盯著我，看起來並不像要揍我。

「你是公主對吧？」

「咦？嗯……這個嘛？應該，沒錯吧？」

「咯咯咯，我還以為你是男人。」

「我是男的。」

「什麼？明明是公主卻是男的？」

現在公主也是不分性別的喲。

我差點這樣說出口，但還是先閉嘴吧。要是用太難的詞彙好像會挨揍。

「哼，算了……嘿咻。」

阿托菲突然緊緊抓住我的腰間，就這樣抬了起來扛在肩上。

糟糕，是炸彈摔嗎！

可是，如果是我的魔導鎧應該頂得住。

我這樣心想並做好心理準備，但卻沒有要把我摔下去的跡象，而是像扛米那般把我扛在肩上。

因為我是公主，不該扛在肩上，該怎麼說，希望她可以抱住我的腳跟背部。

「魯迪！」

「魯迪烏斯！」

聽到洛琪希與艾莉絲的叫聲，我環視周圍，看起來離地面很遠。

看樣子，阿托菲似乎抱著我就這樣飛到空中。

糟糕，不是什麼炸彈摔。是更厲害的技巧……魔王炸彈摔要來了！不妙，要是從這個高度墜落，再怎麼樣我的後腦杓也會像蛋殼一樣輕易破掉！

我這樣心想開始扭動身體。為了逃出生天，用雙手抓住阿托菲的身體……

「喂！別摸屁股！」

手不由得縮了回去。

不對，不是這樣的。沒有啦，我不是打算性騷擾，當然也不可能是外遇，該說是不可抗力嗎……不過是相當緊實的好屁股，不愧是魔王陛下。嘿嘿嘿。

「勇者啊！公主由我保管了！」

當我感到困惑時，阿托菲大叫。

「如果想要回他，就到我的涅克羅斯要塞來吧！」

不，這裡就是涅克羅斯要塞吧。

「咯咯咯……啊哈，哈哈，啊——哈哈哈哈哈！」

從我的後腦杓一帶響起了阿托菲的笑聲。

與此同時，我離地面愈來愈遠。

到底會被帶到哪裡？究竟發生了什麼事？

困惑的我在視線中一瞬間看到的，是茫然地抬頭仰望上空的艾莉絲與洛琪希。

第七話「對決，阿托菲四天王」

魯迪烏斯被帶走了。

被阿托菲扛在肩上，一瞬間就升到高空，艾莉絲與洛琪希茫然地眺望著這幕景象。

由於事情發生在一瞬間，而且過程太過流暢，使得兩個人來不及應對。

阿托菲一臉理所當然地扛起魯迪烏斯，而魯迪烏斯也逆來順受地接受這個舉動。

所以，她們才會在心裡某處認為這個景象再自然不過。

「魯迪烏斯！」

魯迪烏斯被帶走了。

認知到這個事實的艾莉絲很快展開行動。

「嘎啊啊啊啊啊啊！」

艾莉絲拔劍，往飛走的阿托菲方向奔馳，朝著在行進方向上的阿托菲親衛隊揮劍砍去。

「唔喔！」

那名親衛隊雖然反射性地接下了劍，卻也因為衝擊而倒退數步。

「讓開……！」

「等等，先聽我說！」

「你去跟那個魔王說！」

「唔……」

聽到教人難以反駁的話，男子一時啞口無言。

要是魯迪烏斯在場，說不定會心想「輪得到艾莉絲說這種話嗎？」。雖然不及阿托菲那般誇張，但艾莉絲也不會聽人說話。

「總之妳先聽我說！」

「少說廢話！把魯迪烏斯還來！」

「呃……要是想奪回公主，就得好好照流程進行！呼哈哈——！」

「居然瞧不起我！」

「唔喔！」

勉強架開艾莉絲第二次斬擊的同時，男子往後倒退數步。

艾莉絲嘎嚕嚕地發出沉吟，並不時瞥向空中。阿托菲依舊還在空中盤旋。那副模樣簡直就像是在調侃艾莉絲，使得艾莉絲更是怒火中燒。

但是，艾莉絲沒有手段對付在空中的對手。

「！」

然而，阿托菲降落在要塞的一個角落。

艾莉絲見狀，再次往前狂奔。

「艾莉絲，先停下來。」

從艾莉絲的背後傳來阻止她的聲音，語調沉著冷靜。

「為什麼啊！」

艾莉絲回頭望去，眼前站著洛琪希。她以一臉氣定神閒的模樣，抓住艾莉絲上衣衣擺。

「魯迪烏斯被人捉走了耶！得快點救他才行！」

「他們說想要搶回魯迪烏斯就得按照流程。先問問看那個流程是什麼吧。」

「可是！」

「艾莉絲，請妳冷靜。我就很冷靜。」

洛琪希很冷靜那又怎麼樣。這句話會令她這樣想也不奇怪，但是艾莉絲的心卻老實地冷靜了下來。

確實，自己並不冷靜。她認知到這點。

同時，也開始認為自己非得冷靜不可。要是在戰鬥時失去冷靜，便會殺氣外漏；一旦殺氣外漏，就會被敵方摸透劍路；一旦劍路被摸透，就會輸。這是她與伊佐露緹修行時學到的。

所以，剛才的斬擊才會被輕易接下。

「呼——……」

艾莉絲把舉起大上段架式的劍移至中段，然後深呼吸。

她壓抑擔心魯迪烏斯的安危，如坐針氈的這股心情，但依舊無法完全壓抑而稍稍流露。

「我很擔心魯迪烏斯。」

「是啊……不過，不死魔王阿托菲拉托菲有個傳說。」

「傳說？」

「是的……聽說那個魔王，會一時心血來潮擄走公主。」

聽到這句話，艾莉絲一下失去幹勁。她也聽說過這件事。

阿托菲……應該說為數眾多的魔王都有那樣的軼聞。

魔王會擄走公主，而勇者會為了拯救公主闖進魔王城的那類故事。

艾莉絲在孩提時代聽過好幾次，夢想自己總有一天也要效法的故事。

同時，她發現「公主是因為剛才那段對話」，擺出一副想說「魯迪烏斯在搞什麼啊」的表情。

可是，依舊有事情想不透。

「擄走公主要做什麼？」

如果是小時候，她應該對此不疑有他。

「聽說是為了吸引勇者。」

「吸引勇者，然後呢？」

「聽說會跟他一戰。」

「？？？」

就連艾莉絲也無法理解。

剛才，自己一行人正準備要與魔王阿托菲開戰。應該是這樣才對。

氣氛感覺就是要直接開打。

既然如此，她為何還這麼做？

「這是怎麼回事？」

「關於這點，就問他們吧。」

「……知道了。」

艾莉絲點頭，儘管搞不太清楚目前的狀況，但是從平常的生活，她很清楚洛琪希是值得信賴的人物。

儘管有些少根筋，但她博學多聞，也很會照顧別人。

就算艾莉絲因為什麼事情煩惱，她也願意有耐性地聽她訴苦，教導她不明白的事。

以前，艾莉絲在夏利亞帶雷歐散步時，被一群莫名其妙的冒險者纏上，陷入了一觸即發的事態。如果只有艾莉絲與雷歐，直接開打也未嘗不可。但當時不知為何，菈菈緊緊抓在雷歐背上。所以得避免大打出手。話雖如此，對方感覺也不想讓他們逃走。

該怎麼一邊保護拉拉一邊戰鬥。當她滿腦子都是這種想法時，現身的就是洛琪希。

她果斷拉開艾莉絲與冒險者，立刻聽取雙方的意見居中調解，三兩下就平息了那個局面。

所以，艾莉絲知道洛琪希是個值得信賴的人物。

尤其是在這種搞不太清楚狀況的場面。

「交給妳了。」

艾莉絲將劍收進刀鞘，環起雙臂。

適才適所。如果是要說話或是聽人說話，自然還沒輪到自己出場。

「那麼，由我來向各位請教。」

洛琪希往前踏出一步，詢問他們。

「流程是指？」

儘管聲音聽起來沉著冷靜，但事實上洛琪希的內心卻是七上八下。

提到阿托菲親衛隊，在魔大陸是傳說級別的存在。

他們是由阿托菲親自召集，擁有最強裝備與最強本事的武鬥集團。是號稱魔大陸最強的知名軍隊。

萬一，現在，這個瞬間，周圍的所有親衛隊都與自己為敵……憑洛琪希的實力，就算是活下來可能也很困難。即使身邊有艾莉絲，想必洛琪希連自己都保護不了。

然而，現在洛琪希在場。

與魯迪烏斯一起，與他們對峙。

因為魯迪烏斯平常就一直對她這樣說——「我很信賴老師」。

儘管她很清楚自己是個靠不住的師傅，但也想要回應他的期待。

況且，在這趟旅行啟程之前，魯迪烏斯曾對她說過。

萬一自己因為某種理由脫隊，希望她能好好控制住艾莉絲。

儘管她沒料到會因為這種奇怪的理由分別，但現在要是自己不振作，就不知道是為了什麼才跟來的了。

「嗯。」

聽到洛琪希這番話，剛才艾莉絲所砍的那名男子往後退，另一名人物走到前面。

由於兩個人都身穿相同鎧甲，因此很難分辨。

然而，冷靜下來仔細一看，親衛隊的成員舉止並非那麼凶狠。

儘管散發黑色光芒的全身鎧甲與大劍給人帶來壓迫感，但並沒有散發出像剛才的艾莉絲那般的殺氣。

與阿托菲不同，至少要理性對話是可能的，洛琪希這樣判斷。

「嗯咳。」

疑似代表親衛隊的人物清了清嗓子後，大聲說道：

「英雄啊！真虧你們能來到涅克羅斯的深處！」

「居然能擊潰我等阿托菲親衛隊來到此處，想來是相當有實力的強者！」

「就承認吧！汝等乃是任誰都心服口服的勇者！」

「然而我等乃阿托菲親衛隊！驕傲與矜持與我等同在！」

「假如想拜見不死魔王阿托菲拉托菲！並且取回美麗的公主殿下……」

「就先打倒我等阿托菲親衛隊四天王再說吧！」

他這樣說完，親衛隊裡面就有四人走到前方，然後拔劍。

他們以劍柄敲打鎧甲，發出鏘一聲巨響，將劍高舉。

即使是洛琪希，也沒有印象自己曾擊潰阿托菲親衛隊，但根據這番話的內容來看……

「換句話說，只要打倒你們，魯迪烏斯就會回來，是這個意思嗎？」

「咯咯咯，這個嘛，誰知道呢？儘管公主的願望有可能引發奇蹟，但奉勸妳們還是別期待喔。」

「雖說自稱公主，但其實他才算是勇者，正確來說是我方的最強戰力……阿托菲大人覺得這樣也沒關係嗎？」

「咦？啊……」

親衛隊的代表輕輕嘆了口氣，然後膝蓋著地，把臉靠近洛琪希小聲說道：

「在魔王凱瑟拉帕瑟拉與斬鐵勇者勇者亞特摩斯的故事當中，公主使用在城內偶然發現的『無限之焰』，將比鋼鐵還堅硬的魔王體毛燃燒殆盡，引導勇者得到勝利對吧？」

「咦？」

對方突然說起令人摸不著頭緒的話，讓洛琪希疑惑反問。

於是代表又唉了一聲「啊……」輕輕嘆了口氣，然後小聲說道：

「也就是說，雖然沒辦法講得太大聲，但所謂『公主的願望也有可能引發奇蹟』，是指在與阿托菲大人對決時允許公主加入戰局。就算公主與魔王戰鬥也沒什麼關係啦。」

「啊，原來如此。不好意思。因為我對那種事情不太清楚。」

「別在意，一般都是這樣。尤其是最近……這幾百年來勇者也很少出現，所以知道這件事的人也不多。」

「是這樣嗎？」

「嗯。實際上，我也是第一次迎接勇者。」

不死魔王阿托菲拉托菲。

儘管是惡名昭彰的魔王，但是這幾百年來只有惡名威震天下，並沒有特別作為。

拉普拉斯戰役之後，北神卡爾曼成功將其討伐。自此，她就從來沒有主動離開魔大陸發動戰爭。

換句話說，她幾乎不太實際上場戰鬥。頂多是到其他魔王的住處，遭到別人排擠而已。因此像這次勇者主動攻來的事態，對阿托菲親衛隊來說也是第一次遇上。不過除了勇者以外，經常有周遊練武之人來踢館，因此他們對應起來也算是得心應手。

「所以，要和他們戰鬥嗎？我們這邊是兩個人，是二對四？」

「不，我們這邊會逐一派出人選。以一對二重複四次。」

「明白了。」

結束公事交流後，洛琪希回頭望向艾莉絲。

「事情談好了。」

「所以現在是怎樣？」

「只要打倒他們魯迪烏斯就會回來，能與阿托菲戰鬥。」

「是嗎？還滿好懂的。」

「不過要是輸了，大概……」

「不用去想輸了會怎麼樣。」

「說得也是。」

艾莉絲也變得冷靜了。

確認到這點的洛琪希，點頭之後重新握緊魔杖。

★★★

「吾名卡力娜！是北神流王級劍士，阿托菲四天王之一！『風之卡力娜』！」

最初報上名號的劍士是名女性。

她立刻取下頭盔，隨手扔到樓臺外側。

其他親衛隊慌張地接住。因為價格昂貴，連一頂也不能損失。

「勇者啊！我等妳很久了！」

頭盔底下出現的，是彷彿爬蟲類的容貌。

黃色鱗片、頭髮猶如刺針、鼻尖突出。這些特徵上殘留無數傷痕，不難猜想她是身經百戰的勇士。

「我平常會在設置於這座要塞的專用道場訓練！也有許多弟子！是阿托菲大人的徒孫！由我親自鍛鍊！妳有弟子嗎！弟子很棒喔！因為我會受到尊敬！」

「至於為什麼我會在那種地方修行！當然就是為了挑戰阿托菲大人！每當打倒一名勇者或是英雄，我等四天王就能獲得挑戰阿托菲大人的權利！」

「來，戰鬥吧，勇者！然後三兩下被我打倒，成為我的墊腳石！」

「……」

卡力娜喋喋不休地自說自話，相對的艾莉絲卻是默默拔劍。

不僅沒在聽敵人說話，也沒有聽的意思。對方說什麼根本無所謂。

眼前的是敵人。大敵當前還滔滔不絕的，只有北神流與水神流。艾莉絲一語不發。畢竟她是劍神流，更何況她原本就不擅長說話。

她擺出大上段架式。

「哎呀抱歉。這些話是多餘的！來戰鬥吧！我要上嘍！馬上……」

那是在卡力娜說出「開始」的瞬間。

艾莉絲動了。

動作自然無比，沒有一絲多餘。

順勢揮下擺出大上段架式的劍。自艾莉絲去了劍之聖地，每天幾乎會反覆練習一百次以上，如今次數已經達到數以萬計的動作。

以大上段架式使出的袈裟斬。

從初速開始就發揮出人眼無法捕捉的速度。

光之太刀。

沒有聲音。

劍，在周圍沒有任何人察覺時揮下，在卡力娜的斜下方靜止，艾莉絲緩緩將劍擺回大上段架式。

不對，說沒有任何人注意到是言過其實。

卡力娜注意到了。

然而，之所以注意到，終究只是基於她本身的特性使然。

察覺危機的能力。

當她說出「開始」的瞬間，就目擊到自己的死。

那股能力，與魯迪烏斯擁有的未來視魔眼稍有不同。

她從小就是如此。一旦面臨死亡，就能事前察覺。她知道在現在這個瞬間，要是什麼都不做就會死。

她不清楚那是否正確。畢竟她一直以來從未違背這個察覺危機的能力。

至少這個能力屢次救了她的性命，讓她得以九死一生接連度過險境。

之所以拜北神流為師，也是因為她有這個能力。

而當這樣的她說出「開始」的瞬間，目擊了自己的死，情急之下試圖跳往旁邊。

以結果來說，她沒有順利跳開。

但是成功地將上半身稍微偏向旁邊，大約十公分程度。

這個舉動救了她一命。

卡力娜清楚地感覺到劍穿過自己體內的觸感。

以她的角度來看，從左上方襲來的斬擊，穿過了左臂與左大腿根部。

卡力娜目擊到自己的手腳與身體分離。鎧甲的剖面圖，漂亮到卡力娜至今從未見過。

左大腿被一刀兩斷，讓她無法繼續站著，順勢倒下。

鏘一聲，倒地聲音響起。

同時，卡力娜飛在空中的手臂也墜落地面。

唯獨卡力娜的左腳依舊站著。

「太快了……」

不知道是誰低喃這句話。是卡力娜，或者是其他的親衛隊？

總之不管是誰來看，勝負已顯而易見。

艾莉絲與剛才相同，但是這次她帶著一臉賊笑表情，低頭看著卡力娜。

她打算使出最後一擊……每個人都這樣想。

「……」

「……」

沒有任何人阻止。

阿托菲親衛隊。視死如歸的軍隊。既然是被稱為其中四天王的人物，所以才會認為求饒或是請人高抬貴手都是不識趣的行為嗎？或者是因為太快了，誰也沒辦法理解眼前的狀況。

艾莉絲擺著架式，暫時沉默了一陣子。

然而過了不久，她突然擺回原本表情，一臉疑惑地詢問：

「已經結束了嗎？」

聽到這句話，卡力娜頓時感到一股惡寒竄過背脊。

艾莉絲的意思是，戰鬥還沒有結束。

她相信單手單腳遭到一刀兩斷的對手，依然還沒放棄戰鬥，戰鬥還在繼續。

卡力娜理解了。

實際上，對她而言確實是這樣。

就算失去自己的手腳，就算她變成與現在的卡力娜相同狀態，肯定也不會放棄戰鬥。

即使是北神流的劍士，能有如此覺悟之人也是極為少數。就算他們學過再多失去手腳依舊還能戰鬥的方法也是一樣。

而且，卡力娜並不包含在那少數當中。

她原本打算成為其中的一分子……然而這種心情、這份覺悟，是在真的被逼到絕境，依舊不能輸時才能發揮，並不會認為自己打倒的對手會理所當然有這種想法。

就在卡力娜承認彼此的覺悟不同的瞬間。

「嗯，結束了。是我輸了，勇者。徹底敗北。」

她認輸了。

艾莉絲聽到這句話後放下了劍。從上段到中段，再從中段收刀，緩慢流暢。

完成一連串動作之後，手依舊沒離開刀鞘。

艾莉絲警戒著周圍，絲毫沒有大意。直到卡力娜被站在身旁待命的親衛隊抱走退場為止，這段期間一直如此。

然後，她確認與其他四天王拉開相當距離之後，才慢慢將手離開刀鞘。

「四天王什麼的，也沒什麼了不起嘛。」

艾莉絲不以為然地說道。

這句話並不是侮辱卡力娜，也並非覺得她弱小。

唯一能說的，就是那種程度，根本遠遠不及同為北神流的奧貝爾。

就算是與艾莉絲一同修行過的妮娜與伊佐露緹，也應該能輕鬆對應剛才的動作。

「真敢說啊，小丫頭。但是，卡力娜在我等阿托菲四天王當中是腦袋最笨的女人。要是妳以為能用她測出我等四天王的實力可就傷腦筋了。」

「沒錯，我們才沒那麼愚蠢。很聰明的。」

「咯咯，就以我等的才智砍死妳吧。」

假如魯迪烏斯在場，肯定會冒出感想，說這群傢伙說的話就像是某部漫畫的老鼠。

但是，艾莉絲並沒有這樣理解。

她只是在思考，要是這些傢伙比剛才的女人更強，勢必需要相符的覺悟。

艾莉絲沒有自滿。她知道自己實力有多強，也清楚自己有多弱。

「洛琪希。」

因此艾莉絲叫了洛琪希一聲。

「是？」

「不要離開我身後……我絕對會保護妳的。」

洛琪希聽到這句話，身體微微顫抖。

洛琪希很清楚艾莉絲這名女性的為人。

她很努力，也對自己在家裡擁有最為強大的暴力有所自覺。

儘管比不上魯迪烏斯，但她認為在暴力所及的範圍，自己應該要保護家人，洛琪希也知道這件事。

對於艾莉絲而言，所謂的家人，就是要以己身的劍守護的存在。

洛琪希也不例外。

要說例外，就只有魯迪烏斯。

她在這種場面會仰賴的，只有魯迪烏斯一人。

能站在她身旁戰鬥的只有魯迪烏斯。

洛琪希對這件事感到有些悔恨。

★　★　★

「吾名貝聶貝涅。是北神流聖級劍士，阿托菲四天王之一！『水之貝聶貝涅』。」

第二人，是看起來沒有任何特色的男人。

他沒有像卡力娜那樣扔掉頭盔，與其他兩人相較之下，體格也並非特別龐大。

只不過，或許是毛髮濃密的種族，從頭盔的縫隙冒出了白髮。

「北聖？比剛才那傢伙還要低階吧？」

「哼，吾之劍術確實遜於卡力娜……但是，決定戰鬥結果的並非只靠劍術本領。」

「也對。」

艾莉絲丟下這句話，把劍架好。

大上段。與剛才幾乎相同，毫釐不差的架式。艾莉絲笑容可掬，絲毫感覺不到殺氣。

但是，她接下來恐怕會再使出與剛才完全相同的斬擊。

就算知道也無法迴避，必中必殺的一擊。

光之太刀。

「那麼開始吧，隨時都能放馬過來。」

這句話都不知道說完了沒有，瞬間響起「鏘」的一聲。

艾莉絲的劍，不知不覺間就揮下了。

揮出的劍與剛才的軌道完全相同，劃出與剛才完全相同的軌道，停在與剛才完全相同的場所。

短短一瞬間，甚至連眨眼都可能來不及的速度。

然後，與剛才相同，落在貝聶貝涅的左臂與左腳，身體……

沒有傾斜。

不僅如此，應該砍中的左臂與左腳也沒有滑落。

「！」

瞬間，艾莉絲往後踏出一步。

緊接著，有把劍「咻」一聲通過她原本所在的位置。

不知不覺間，貝聶貝涅手上已握著劍。是阿托菲親衛隊所用的黑色大劍。

「閃開了是嗎？不過我——」

在貝聶貝涅說完前，艾莉絲的行動快了一步。

她如同要扼殺後退步伐的反作用力，向前踏出一步，從下段發出斬擊。

劍捕捉到貝聶貝涅的右手腕。

鏘的一聲，以為聽到清脆金屬聲響的瞬間，艾莉絲擺回了大上段的架式。

「……？」

艾莉絲吐出疑惑的氣息。

砍到了。確實有那個觸感。

但是，貝聶貝涅的手依舊連在身上。明明確實砍飛了才對。

「讓我說到最後吧。」

貝聶貝涅將劍插在地板，以自己的左手抓住右手腕一帶。

然後，感覺就像發出啵的一聲，輕鬆地取下了右手。不對，是取下了右手甲。

而且，手甲並非被原封不動取下，取下的手甲俐落地斷成兩截。

那個剖面圖，與剛才卡力娜被砍的時候相同，漂亮地令人驚奇。

而且重點不只是這樣。

是毛。

從貝聶貝涅的鎧甲裡面，長出了大量白毛。

「我的體內有黏族與髮族血統，生來斬擊就對我無效。」

帶有黏性的毛髮，宛如黏滑觸手那般蠢蠢欲動，塑造出手的形狀，握住了劍。

貝聶貝涅擺出架式。面對擺出大上段架式的艾莉絲，將劍尖對準她的眼睛。

「我的劍術本領與妳相較之下確實等同兒戲……但是，妳是否真的能打倒我呢？」

「……」

艾莉絲沒說話。

只以斬擊回應了貝聶貝涅。

從上到下，從下到上，從右到左，從左到右，脖子、肩膀、手臂、雙腳……從所有方向以斬擊伺候，砍飛所有部位。

相對的，貝聶貝涅也揮劍回擊。

就像是在強調既然斬擊不管用，那麼根本不需要防禦。

艾莉絲將這些攻擊全數迴避。

看到她以一紙之隔的距離迴避，周圍觀戰的親衛隊發出感嘆聲音。

從以前開始，劍神流的劍士就不擅長迴避或是防禦。

因為劍神流是一擊打倒敵人的流派。若是以這個理念為基礎思考，自然不需要迴避。

但是，艾莉絲不同。

她修行至今，都是以奧爾斯帝德為假想敵。

加爾．法利昂為了讓艾莉絲贏過奧爾斯帝德，以合理的理論為基礎安排了修行。

奧爾斯帝德是無法一擊收拾的對手……那麼，自然也得在迴避方面習得必要技術，所以才會讓北神流劍士教導她，讓她與水神流劍士戰鬥。

與他們的修行，在艾莉絲身上打穩了重要基礎。

奧貝爾的教導、與伊佐露緹交手的經驗，讓敵人的劍觸及不到艾莉絲的身體。

艾莉絲的劍砍中貝聶貝涅的鎧甲，貝聶貝涅的劍揮空。

宛如大人與小孩的斬擊交鋒。

但是這樣的狀況，不久後讓艾莉絲內心產生些許焦躁。

「唔！」

鏘的一聲，發出彷彿金屬僵住的聲音。

艾莉絲的斬擊，未能將貝聶貝涅的鎧甲一刀兩斷，只留下了傷痕。

因為光之太刀產生了迷惘。

「嘖！」

儘管以劍柄附近彈開貝聶貝涅的反擊，但艾莉絲卻因為這股衝擊而退後三步。

她並沒有疲累。

但是，無論砍哪裡都沒有手感，令她感到束手無策。

更何況原本就因為魯迪烏斯被擄走，早已令她內心焦躁……

「呼——……」

艾莉絲深呼吸，令內心冷靜，重新思考。

像這種時候，如果是自己的師傅基列奴，或者是劍神加爾．法利昂會怎麼做？

但是在腦袋不靈光的艾莉絲想到方法之前，貝聶貝涅已再次襲來。

「呼哈哈哈！看樣子妳開始累了！勇者啊！這樣就結束了！」

就在此時。

「冰之精靈啊，賜予我力量——『冰結結界(Icicle Field)』。」

猶如濃霧的水之飛沫，以及寒冰徹骨的冷氣團擊打在發動突進的貝聶貝涅身上。

「什麼！」

貝聶貝涅的身體發出凍結聲音，瞬間結成冰塊。

「艾莉絲！趁現在！」

「唔！」

艾莉絲的行動很迅速。

面對逼近眼前的貝聶貝涅，艾莉絲再往前踏出一步。

就像直接從旁穿過那般讓身體滑過去，同時橫劈揮出斬擊。

「咕哇啊啊啊啊！」

貝聶貝涅的身體遭到一刀兩斷。

他的身體斷為上半身與下半身，紛紛落地。

鏘一聲巨響，鎧甲碎裂。

剩下的只有純白的兩團毛塊。

兩邊的表面都已凝結，動作顯得十分遲緩。

「唔唔唔，怎麼可能……我等阿托菲親衛隊的鎧甲居然……看起來像是在無意義地揮出斬擊，都是為了這一刻嗎……」

貝聶貝涅這樣說完，便赫然停止動作。

其他親衛隊立刻衝了過來，將他的身體搬走。

「……」

艾莉絲茫然地看著這幕景象，然後轉向背後。

在眼前的，是舉著魔杖就這樣僵住不動的洛琪希。

「我曾聽說黏族不耐寒……沒想到真的有效……」

她這樣喃喃說了一句。

洛琪希雖然也是看見艾莉絲陷入危機，才會在情急之下施展魔術，但她也不曉得這招是否管用。發現成效出奇地好，令她著實吃了一驚。

這樣的洛琪希，發現艾莉絲正目不轉睛地盯著自己，立刻端正了姿勢。

「嗯咳。」

輕咳一聲。

「不好意思，我多管閒事了嗎？」

「才沒那回事！得救了！」

艾莉絲也很吃驚。

老實說，她束手無策。儘管能砍斷鎧甲，卻無法砍倒本體。出生至今還是第一次遇到這種對手……雖然不至於這麼誇張，但她沒料到會有這種敵人。

要是就這樣繼續戰鬥，也有被壓著打的可能性。

「背後交給妳了！」

「明白了，我會支援的！」

洛琪希這次稍微有些開心地回應。

然而剩下的兩名四天王卻對這幕景象嗤之以鼻。

「咯咯，貝聶貝涅終究只是仰賴自己種族能力的弱者！」

「以劍士來說，他的身軀確實是得天獨厚！只要將我等阿托菲親衛隊引以為豪的黑鎧包裹那副身軀，也不難理解他會過於相信自己實力！老實說很羨慕！」

「但是，鎧甲遭到拆解，居然還沒有提防魔術師！」

「那傢伙才是我等四天王中最蠢的人！」

四天王還有兩人……

「好啦，接下來是本大爺！吾名……」

與第三人的戰鬥開始。

第八話「幽禁」

★魯迪烏斯觀點★

「好啦，就是這裡。」

阿托菲在涅克羅斯要塞的上空來回盤旋之後，降落在距離決戰之地不遠的建築物，然後將

我扔進其中一個房間。

「呃……這裡是……？」

是有少女風格的房間。

全體呈現淡粉紅色。擺放著附有天篷的床、白色家具、蕾絲窗簾、時尚的茶壺之類。

眼前的景象就好比是阿斯拉王國王城的一室，只是就連愛麗兒的房間也沒有如此夢幻。

要說唯一不像少女的，就是從窗外窺見的風景。

紅褐色的大地、生長著詭異樹木的山林，還看得見在那座山的上空來回盤旋的黑龍獸。雖說這樣也是頗為壯觀……

「是公主的房間！」

「公主的房間……？換句話說，是阿托菲大人的女兒的房間嗎？」

「不對！我沒有女兒！」

我想也是。事前我已經向奧爾斯帝德打聽過。

不死魔王阿托菲拉托菲・雷白克的孩子只有一人，是個兒子。

她兒子正是北神卡爾曼二世。

現在世上流傳的北神英雄傳奇，幾乎都是他的故事。像是打倒巨大的王龍、討伐棲息在貝卡利特大陸的貝西摩斯，是名配得上英雄這個稱號的人物，但據奧爾斯帝德的說法，他好像是個「笨兒子」。

想必是因為有其母必有其子吧。
「那麼，這個房間是……」
「你的房間！」
「跟我的興趣不太符合耶。」
「咯咯咯，別以為勇者會來救你！因為你要一輩子在這裡生活！」
沒辦法溝通。
阿托菲發出「啊──哈哈哈」的高亢笑聲，然後就離開了房間。
總而言之，這是什麼狀況？
我被幽禁了……？話雖如此，門似乎沒有上鎖。難道這是拐彎抹角的求婚嗎？
我搞不太懂她的意思耶？
「失禮了。」
此時，背後傳出聲音。
回頭望去，站在那的是穆亞。太感謝了，終於來了個有常識的人。
「你似乎感到很混亂……」
「是的。」
「我會說明的，請先坐下吧。」
我依言坐在莫名夢幻的椅子。不知道是用了上等材質，還是用了非常軟綿綿的座墊，坐起來感覺不壞，只是對我來說有點小。應該是讓身材更小的……硬要說的話，就是預定要讓十幾歲的少女坐的大小。

我在椅子上就座，穆亞拿起茶壺將茶倒進茶杯。

不管茶壺還是茶杯，看起來都像是王族在用的，應該說很類似在阿斯拉王國的王城，愛麗兒房間使用的茶具，不過倒在裡面的液體卻有些不同。

比紅茶還濁，顏色稍微濃了一些。

這個液體是什麼……不對，我曾看過。這是索咖司茶。是七星愛喝的茶。不對，她也不是喜歡才喝的。

「啊，多謝。我不客氣了。」

不管怎麼樣，我喝下去也只是普通的茶。就心懷感激地品嚐吧。

「好啦，該從哪裡開始說明才好呢？」

「可以的話，麻煩從頭說明。」

「從頭開始……是嗎？」

穆亞擺出了稍微陷入沉思的舉止，然後像是突然想起來似的，開始娓娓道來：

「阿托菲大人是在第一次人魔大戰正要結束時出生的。」

「哦，阿托菲大人也是有父母的啊。」

「是的。據說阿托菲大人的母親，是與巴迪岡迪大人相像的聰明人物。」

與巴迪岡迪大人相像算是聰明人物……？
算了，反正是以不死魔族為基準。
「巴迪大人是由聰明的母親，而阿托菲大人則是由她的父親不死的涅克羅斯拉克羅斯大人所扶養長大。」
「不死的涅克羅斯拉克羅斯大人，在當時以最強魔王的身分支配魔大陸。」
不死的涅克羅斯拉克羅斯。
第一次人魔大戰時的五大魔王之一。
雖說情報不多，但實力似乎是出類拔萃。
「這樣的涅克羅斯拉克羅斯大人，卻遭到勇者亞爾斯討伐。那位不死之王究竟是為何喪命，當時甚至還沒出生的我並不清楚，就連年幼的阿托菲大人也不得而知。只是聽說當時的阿托菲大人看到那幕光景，她唯一記得的就是自己決心要當個既強大，而且偉大的魔王。」
原來如此，就像逝去的那位父親那樣……是嗎？
看起來雖然什麼都沒在想，但阿托菲其實也是有好好抱著理想在行動啊。
確實，雖說我並非見過許多魔王，但我認為阿托菲在至今遇見的魔王當中，是最具魔王風範的存在。
該說是暴力與恐怖的象徵還是什麼呢？
有魔王風範——果然這樣形容最為貼切。

「然而，我等不死魔族不會回首過去。涅克羅斯拉克羅斯陛下確實偉大，但他偉大的理由為何，如今也已經沒人知曉。」

啊——原來如此，雖然想說要效法父親，但基本上她也不清楚父親做過什麼。

這故事很有阿托菲的風格。

然後，應該說是有其女必有其父嗎？或者說基於種族天性這也是無可奈何嗎？

為人父母的，也沒有留下紀錄證明自己是個多麼偉大的人物。

如果是人族，甚至會留下誇大的紀錄；但由於不死魔族生存時間過於漫長，不會回首過去。或許當時甚至連記錄的概念都沒有。

我沒辦法斷定這是愚蠢的做法。

既然不死，就代表活了很長一段間，而不會死也等於沒有天敵。

所以，當然沒必要從過去記取教訓。自然也不會留下文獻。

「因此，我要詢問魯迪烏斯先生一個問題。」

「是。」

「所謂的魔王，是什麼樣的存在？在人族之間，是以什麼方式傳承？」

「我想想……」

魔王，魔王啊。

這個世界的魔王，充其量不過是魔族一個領土的王。

但是，那終究是因為我對魔大陸或多或許有些知識。

普通的人族。也就是在阿斯拉王國、拉諾亞王國所流傳的是……

「是壓倒性強大的存在，對人族而言是天敵，還有，偶爾會擄走公主……啊。」

「就是這樣。」

就是這樣呢。

「涅克羅斯拉克羅斯陛下去世後，不明白偉大的魔王究竟是什麼的阿托菲大人，向人族請益，讓他們收集文獻。」

「這種講法，聽起來簡直就像阿托菲閱覽了許多文獻。」

「閱讀內容的，當然是當時的親衛隊。」

我想也是。

「收集到的文獻當中，有各種關於魔王的記述。而被稱為偉大魔王的存在，都有共通之處。」

「共通之處……那是？」

「沒錯，就如同你方才所說的特徵。」

壓倒性強大的存在，對人族而言是天敵，還有擄走公主。

然後，會被來救助公主的勇者打倒。

「你不覺得奇怪嗎？」

「因為我當時也尚未出生，而那時的部下對人族應該也幾乎是一無所知。況且就算是當時魔族這邊的文獻也留著那類資料。上面提到某位魔王擄走公主，被勇者亞爾斯打倒……當然，這並非不死魔族所留下的文獻。」

噢，可是……這樣啊，原來是這麼一回事。

勇者亞爾斯。

在第一次人魔大戰與六名伙伴共同旅行，將五大魔王全數殲滅，甚至打倒奇希莉卡，為長達千年的戰鬥劃下休止符的英雄。

確實，他的軼聞有這樣的一段故事。

打倒擄走公主的魔王，救出公主，與那名公主結婚建立了阿斯拉王國之類，是類似這種感覺的故事。

只不過，根據我在伯雷亞斯家讀過的歷史資料，亞爾斯原本好像並沒有打算拯救公主，況且魔王也沒有綁架公主。

某個人族的國家，作為外交戰略的一環，將公主當作人質獻給魔王，勇者亞爾斯在與這件事無關的狀況下侵攻魔王城，打倒了魔王，以結果來說救出了公主。事情不過就是這樣。

只是，後來的作家們並沒有據實撰寫。

許多不同的作家，都把勇者亞爾斯救出公主的戰役描寫得富有戲劇性。

只不過根據作家的不同，不知道他們是在認知上有所差異，或者是原本就不打算按照史實，只是視為單純創作而寫……

導致每部作品當中，擄走公主的魔王都不盡相同，連公主的名字與國家也大相逕庭。

要是相信全部作品的內容，就等於五大魔王都曾擄走公主，每個人也都被勇者打倒，而勇者每次救出公主都會在當晚投宿旅社度過熱情夜晚，阿斯拉王國的初代王妃會變成有好幾個。

（註：原文為「昨夜はお楽しみでしたね」，是《勇者鬥惡龍Ⅰ》在解救公主後投宿，隔天旅社老闆會說的台詞）

然後……阿托菲大人相信了這件事。

所謂勇者、所謂公主，還有所謂的魔王，就是這樣的存在。

「原來如此，原來阿托菲大人的個性之所以會那麼凶暴，是有理由的。」

「不，那是與生俱來。」

「啊，這樣啊。」

所以她打從以前就一直是暴力的化身。

「正因為阿托菲大人是這樣的人，所以才會把魔王的的形象以自己方便來解釋。」

與其說是以自己方便解釋，感覺上或許更像是無視麻煩的部分所想出來的。

因此而誕生的，就是名為不死魔王阿托菲拉托菲這樣的恐怖象徵。

不對，我認為這樣也好。實際上，確實有許多人族畏懼著阿托菲。

「不過，從這段故事聽來，我之所以會被帶到這裡是因為？」

「因為你自稱公主。」

「得怪我自作自受嗎……」

「就算是開玩笑，也不應該說出那句話。」

就算這樣說，我也不知道啊。

我怎麼會知道對方有「公主就應該要被擄走」的這種常識。

「所以，艾莉絲她們現在怎麼樣了？」

「魔王必須展示自己的強大，而勇者需要接受試練。」

「意思是？」

「一般來說，若要與阿托菲大人戰鬥，就必須打倒我等親衛隊。所以目前正讓艾莉絲小姐與洛琪希小姐，與我等之中最醒目的笨蛋……說錯了，精挑細選的精銳戰鬥。」

換句話說艾莉絲與洛琪希，正在體驗將阿托菲四天王（精挑細選的笨蛋）逐一打倒的遊樂設施嗎？

「聽起來很危險啊。」

若只是單純的遊戲，我也會認為「是喔——反正艾莉絲也想戰鬥，這樣剛好」，可是既然是互相殘殺，事情就另當別論。

「那麼，雖然很不好意思，我先告辭了。必須去支援艾莉絲她們才行。」

「且慢。」

「如果你要阻止，那我也只好奉陪。沒什麼，最近公主加入戰局也不是什麼稀罕的事。」要擊退穆亞，感覺得稍微費點功夫。

上次與阿托菲對峙時，演變成魔術互擊，我明顯居於下風。

當然，我也針對那次失敗思考過再戰時的對策……但彼此經驗的差距過大，所以勝算並不是特別傾向我這邊。

話雖如此，現在我還有魔導鎧。勝負不只是單純魔術互擊。

「你不須如此慌張。雖說阿托菲大人向來都是認真的，但我等屬下在如今這個世道，並不樂見有人因此喪命。就算敗北，想來也頂多是失去一條手臂。」

「啊，是這樣嗎？」

「話雖如此，他們也是阿托菲親衛隊的一員……自來到這塊土地，就一直面對遙遙無期的修行，努力鍛鍊。別認為能那麼輕鬆就擊倒他們。」

這樣一聽會教人感到不安，不過話雖如此，我心裡也隱約覺得艾莉絲的話應該不要緊。因為她正是為了這種時候才一路努力過來。不對，目前狀況與我所指的這種時候有點不同。總之她在緊要關頭才能發揮實力。

更何況洛琪希也在。

力之艾莉絲與睿智的洛琪希，只要她們倆湊在一起，就不可能會輸給三流貨色。我是這樣希望。

話雖如此，這裡是涅克羅斯要塞。與傳說中相同，是北神流版劍之聖地。
在這裡的劍士，都是行遍魔大陸後才來到此處。
應該不是等閒之輩……
「……」
先不論勝敗，我突然湧起想看艾莉絲戰鬥英姿的興致。
我平常在接近戰的訓練對打的對手。就算我穿上魔導鎧，也依舊無法戰勝的對手。
我想看看她在這種場合究竟能發揮到什麼地步。
「那麼，我可以稍微去加個油嗎？」
「可以。因為受到公主聲援，勇者的實力也會增加。」
「請別調侃我啦。」
不管怎麼樣，這樣一來我就能趕往艾莉絲身邊。
勇者大人，等等我。我現在就去。

第九話「參戰，魯迪烏斯公主！」

我被帶到能清楚看到決戰之地的高臺時，戰鬥已經進入佳境。

「艾莉絲，請振作點，艾莉絲！」
「沒……沒辦法……這種的……我實在……」
「好吧，既然這樣就由我……啊，好痛！」
決戰之地有五隻大約大型犬大小，體毛濃密的動物。
牠們纏住艾莉絲，導致她動彈不得。
不，不對。感覺不是那樣。
她一臉幸福表情，撫摸著纏住自己的動物。
洛琪希雖然試圖把牠們拉開，但或許是因為體型太大，反而是她被撞飛，沒辦法靠近。
這是演哪齣？
我應該是來看艾莉絲帥氣的一面吧？
「咯咯咯。」
突然，身旁的穆亞發出別具深意的笑聲。
「看樣子，勇者殿下被『火之亞爾坎托』的使魔打倒了。」
「使魔？」
「是的，『火之亞爾坎托』會先放出使魔試探對手。這群使魔相當棘手，牠們會聞出強者的味道，若對方是弱者就會發動襲擊，咬爛四肢將其五馬分屍。」
「怎麼會……那艾莉絲呢！」

「……看來她被認定為強者，相當親近她。」

怎麼會！

要是被那麼龐大又毛茸茸的動物親近，艾莉絲就……！

「咯咯咯……咯咯，使魔們啊，回來。那傢伙似乎不是你們能應付的對手……咯咯，回來……我叫你們回來……回來啦，快點……」

使魔們似乎相當中意艾莉絲，不願回應亞爾坎托（應該是他的黑鎧男子）的呼喚。

艾莉絲看起來心滿意足。流著口水神情恍惚。

那群使魔也是相當了不起，明明被艾莉絲緊緊抱住，看起來卻反而很開心。

唔——如果是能忍受艾莉絲擁抱的使魔，真想要在家裡養一隻。可以減少雷歐、莉妮亞與普露塞娜的疲勞。

洛琪希雖然被彈飛出去跌坐在地，但又重新面向亞爾坎托。

「唔……真卑鄙，這就是傳說中北神流奇詭派的做法嗎？」

「什麼！誰是奇詭派！別把我和那群傢伙混為一談！我只是想要測試妳們的實力！」

「誰知道呢！」

「哼，算了……雖然被認為是奇詭派很令人不悅，但看來你們的勇者對我的使魔束手無策！是弱者！」

這樣好嗎，亞爾坎托同學？

「剩下的就只有妳這個魔術師……如何？只要投降我就放過妳。我家代代流傳著一句話，要溫柔對待米格路德族。」

「要……要是我退縮，還有誰能解救魯迪！」

「就是這個骨氣！」

亞爾坎托這樣大叫，然後咬住劍，雙手雙腳趴下。

是北神流四腳之型。

然後，他猶如機械野狼那般，以驚人速度靠近洛琪希。

洛琪希的對應很迅速。

「以英武的冰之劍制裁目標吧！『冰霜刃（Icicle Edge）』！」

她以縮短詠唱的魔術迎擊。

然而，對手是亞爾坎托。阿托菲親衛隊。

親衛隊穿在身上的黑鎧，擁有驚人的魔術抗性。

洛琪希的冰霜刃鏘的一聲，遭到鎧甲彈開。

然後——

「去死！」

危……危險！

「呀咿！」

亞爾坎托的側腹受到強烈衝擊，一邊旋轉一邊飛去，就這樣落到決戰之地外頭。

洛琪希、其他親衛隊、以及體毛濃密的使魔們，都想說是發生何事，望向亞爾坎托墜落的方向。

然後那股視線，緩緩地朝向我這邊。

「啊，對不起。我不小心就……」

看到洛琪希陷入危機，我不自覺擊出岩砲彈（Stone Cannon）。

平常的話，我至少會大喊「岩砲彈！」告知自己人我要攻擊，但剛才完全是默默擊出。

「魯迪烏斯先生……」

「不是，可是我也沒辦法啊。」

因為洛琪希陷入危機了啊。

剛才雖然好像說不會奪走性命，但我可不想看到洛琪希被砍下手腕，一邊哭泣一邊痛苦掙扎的模樣啊。就算洛琪希已經做好這個覺悟也是。

「算了，沒關係，解救陷入絕境的勇者也是公主的職責。」

太好了，起碼沒有演變成「依序打倒四天王的遊樂設施闖關失敗！無法與阿托菲大人戰鬥，請打道回府」的局面。

「是說，我可以下去嗎？還是說，得先與守護囚禁公主房間的龍戰鬥？」

「雖然是不錯的提案，但要把龍捉來頗有難度……既然這次公主也像這樣現身，也已經加入戰局。含糊帶過就行了吧。」

可以含糊帶過嗎？

算了，畢竟我也不是什麼正牌公主，打從一開始許多事情都很含糊。

這場與四天王的戰鬥，也是因為我的失言與阿托菲一時心血來潮而開始的。

既然打從一開始小細節就沒有處理得很好，就算拘泥於途中的細節也沒有意義。

「那麼，我就失禮了。」

「是。祝你旗開得勝。我也必須稍做準備。」

聽穆亞這樣說，我一邊心想「喔喔，待會兒阿托菲會出現吧」，同時跳下決戰之地，立刻衝到洛琪希身邊。

「啊，魯迪……你不要緊吧？」

「嗯，我這邊只是單純的鬧劇。妳們那邊呢？」

我邊說邊確認洛琪希是否受傷。

洛琪希的長袍有幾處燒焦或是潮濕。她的臉頰上也有燒傷及擦傷的痕跡。沒有受重傷。或者她已經自己治好。

「費了一番功夫。尤其是四天王的第三人是個強敵……他是會操縱火與風魔術的魔法劍士，能同時攻擊我與艾莉絲……」

雖然我沒有看到那個場面，但好像是場激戰。

洛琪希比手畫腳，為我說明第三個四天王「土之培立托德」的實力有多麼強大。

「土之培立托德」。操控火焰與風魔術的魔法劍士。

……那為什麼是「土」啊？是因為火與風被其他傢伙搶走嗎？不對，這根本無關緊要。

他不管是魔術還是劍術本領都是四天王最強水準，好像也擅長多對一的戰鬥，聽說他是採取以魔術攻擊艾莉絲，同時再以劍術瞄準洛琪希的戰法。

洛琪希不得不抵銷掉對沒有魔術抗性的艾莉絲襲來的魔術，艾莉絲也必須要保護物理防禦力低的洛琪希。然而艾莉絲是劍神流，不擅長守護。

她們要為了保護彼此就已竭盡全力，導致兩人慢慢地被逼上了絕境。

然而，此時洛琪希靈機一動。

原本要抵銷魔術，是要與對方的魔術互擊消滅。

以和對手幾乎相同的威力回擊，才撐得上是高竿的抵銷。

然而，洛琪希卻捨棄了那個常識。

她在用來抵銷火魔術的水魔術，以及用來抵銷風魔術的土魔術裡，灌注了比對方魔術更強的威力。

於是，戰場上就殘留了戰勝的水與土。

自然而然，地面上就會散落著大量溼潤的泥巴。

接著洛琪希使用混合魔術「泥沼」。地面的泥濘瞬間化為沼澤，令對方不得不停止動作。

艾莉絲再趁這個機會殺過去。
真不愧是睿智的洛琪希。
說到泥沼，就是我的看家本領。
要是我在場，就算沒有依靠臨場反應也能打贏，雖然往往都是這樣想，但其實並非如此。
要是打從一開始就使用泥沼，肯定會被對手掌握對策。
正因為殘留著些許用來抵銷的魔術，對手才會沒有完全警戒，導致腳被泥沼困住。
我不認為自己有辦法臨時想出這種妙招。
「不過，之後的對手把艾莉絲……」
我望向艾莉絲。
艾莉絲倒在地上一抽一抽地顫抖。
我慌張地跑了過去。說不定那個使魔身上有毒。
「嗚呼……呼呼……」
艾莉絲以難以言喻的幸福表情眺望虛空。手指之所以動來動去，想必是因為還殘留著剛才的使魔觸感。
果然是毒嗎？
那種類型的動物對艾莉絲來說是療癒存在，就好比是藥，但是藥量過頭也會中毒。
「總之得先讓她清醒才行。」

要用解毒嗎？

還是說使用治療魔術比較好？

「像以往那樣，只要魯迪揉胸就會彈起來了吧？」

「咦，這樣好嗎？」

「並不好……隨便摸女性的身體並不妥當。可是，魔王阿托菲好像也快要出現了。」

洛琪希的視線前方。

可以看到親衛隊已整齊列隊，而穆亞拿著可以環抱在手上的火盆，令煙霧瀰漫四周。在篝火的照耀下，煙霧醞釀出一股詭異氛圍。

塑造魔王登場氣氛的事前工作正在持續進行當中。

再這樣下去，很可能得在少了艾莉絲的情況下戰鬥。

可惡，不過，我是冠以禁慾之名的魯迪烏斯……不能屈服！

「好啦，待會兒為了負起責任，我的也會讓你摸的。」

唔，我……我……我不能屈服……啊，對了。

「雖然是很有魅力的提案，不過這樣，我不是會挨揍失去意識嗎？就算艾莉絲清醒但我卻睡著，豈不是沒意義嗎？」

「啊——……的確。」

此時，艾莉絲的身體猛然一顫。

突然回神的她，東張西望地環視周圍。

「剛才的呢！」

「已經不在了。」

「是嗎……」

艾莉絲擺出有些遺憾的表情，不久突然望向我的臉。目不轉睛盯著。

「魯迪烏斯！你平安無事啊！」

抱過來了。

胸部碰到了。好柔軟～！

呵呵，用不著趁她的心飄到別處時偷摸。這對雙丘，已掌握在吾之手中！

不對，我並沒有掌握。

「因為我這邊是鬧劇，所以立刻處理好了。」

「太好了。不過得怪魯迪烏斯不好！就算是開玩笑，也不該說自己是公主！」

「我在反省。」

儘管嘴上這樣說，但我沒有反省的意思。

因為我哪知道自稱公主就會遭人擄走啊！一般來說，魔王不應該擄走自稱公主的傢伙，而是去捉更像公主的人吧？

「那個，魯迪。我也很擔心你喔。」

洛琪希揪住我的衣襬，說出很可愛的話。不過剛才我已經聽到她問我：「不要緊嗎？」

「當然，我很清楚。」

啊啊，感覺好幸福。

明明我這邊並沒有陷入絕境，但不管是艾莉絲還是洛琪希，都設身處地在擔心我。為了救我而克服苦難……這就是公主的心情嗎？

「咯咯咯，啊哈，哈哈，哈……」

正當我們開始鬆懈，從背後突然響起令人不舒服的笑聲。

彷彿從地獄深淵所傳來那般，既遙遠又低沉的笑聲。

回頭望去，決戰之地已經被煙霧遮蓋視線。

不僅太陽已經完全西下，篝火也在不知不覺間熄滅，周圍變得一片昏暗。

然而，並非一片漆黑。

魔法陣在發光。原本魔法陣的光應該是蒼白光，但眼前卻是紫色光芒。是因為塗料特殊，或者只是單純具有「發出紫光」效果的魔法陣嗎……

被紫色光線照亮的大量煙霧。

瀰漫著一股重量級人物即將登場的氣氛。

「……」

艾莉絲一語不發地站起身子，把劍架好。

雖說我只是稍微瞥了一眼，但她的表情看起來十分雀躍。
一種迫不及待會出現什麼的感情甚至連我都能感受到。
可是，不會出現什麼稀奇的玩意兒。是剛才看過的傢伙。
「啊——哈哈哈哈哈哈！真虧你們能打倒我的精銳，鎮守涅克羅斯要塞各處的四天王！」
我認為他們並沒鎮守各處。不對，冷靜點，這是演出效果。
我在內心對響徹四周的聲音吐嘈。
「行遍魔大陸，進擊涅克羅斯要塞，終於抵達了這裡！」
「我就承認吧！你正是……你們正是真正的勇者！」
喔喔。太好了艾莉絲。成為魔王陛下公認的勇者了。
我大概也從公主轉職為勇者了吧。公主勇者魯迪烏斯。
「我要給那樣的你們權利！」
好了，玩笑就開到這吧。
決戰之地開始起風，煙霧不斷被吸進決戰之地的深處。
同時感覺到的……是惡寒。
非比尋常的強大殺氣，從煙霧被吸進去的那頭散發出來。
我不禁嚥了口口水。
明明接下來出現的就只可能是那個人。依舊讓我不禁心想到底會出現什麼。

「那是……」

一陣風突然刮起。

煙霧霎時間消散而去，砰的一聲，篝火同時點燃。

決戰之地現出真實面貌。

站在中央的，是一名女性。

藍色肌膚、白色頭髮、紅色眼睛、猶如蝙蝠的翅膀、額頭上突出一根粗壯的角。

儘管身高比艾莉絲略矮，但穿戴在身上那具滿是傷痕的黑鎧，令她看起來很是巨大。

她的手上，拿著與纖細手臂不相稱的大劍。

「那就是與我戰鬥的權利！」

魔大陸恐怖的象徵，暴力之化身……

不死魔王阿托菲拉托菲．雷白克就在那裡。

第十話「激戰，魔王阿托菲」

「我是不死魔王阿托菲拉托菲．雷白克！只要打贏我就給你們勇者的稱號！要是輸了，就成為我的傀儡，讓我使喚到斷氣為止！」

釋放出壓倒性殺意的阿托菲。

打算獨自面對她的，是勇者。

「劍王艾莉絲．格雷拉特。」

艾莉絲手握劍神七劍之一「鳳雅龍劍」擺出大上段架式，與阿托菲對峙。

「劍神流嗎！」

阿托菲的目光緊盯艾莉絲，一臉開心地拔劍。

「事先聲明，光之太刀對我不管用。」

「……」

聽到阿托菲這句話，艾莉絲依舊不為所動。

她當然也明白這件事。她對不死魔王的傳說早有耳聞。

不死魔王阿托菲絕對不會倒下。

她沒有技術可言，劍速既鈍又慢。

但是她不會死。無論受到多少次攻擊，無論受到多嚴重的致命傷，依舊不會死。

不管什麼攻擊都會再站起來。而且，在最後勝利。

那就是不死魔王阿托菲。

在拉普拉斯戰役能跟她對抗的，包含殺死魔神的三英雄在內，只有不到十人的強者。

面對被視為恐怖象徵受到畏懼的她，能隻身一人打倒的，據說只有北神卡爾曼。

艾莉絲洞察狀況。

確認自己的實力是否能打倒眼前的魔王。

不。一個人辦不到。

儘管對於挑戰傳說的存在感到亢奮，但自己目前並沒有能打倒阿托菲的技術。

但是，不需要為此嘆息。

就算自己力有未逮，也有人擁有這股力量。

關於這部分的對策，在來到這裡之前就已經商討完畢。

「……」

「喂，說點話啊。」

艾莉絲不發一語。

「不對，曾經有過像妳這樣，集中所有神經，使出最精湛一擊的傢伙……」

「……」

「哼哼，因為我記性很好。我可是記得的。不過，那一擊並沒碰到我，反而是我的拳頭把那傢伙打得像青蛙一樣爛。」

阿托菲想必是憶起了當時的事情。

她發出咯咯咯的笑聲，臉上掛著邪惡笑容瞪視艾莉絲。

「如何？艾莉絲·格雷拉特，這是妳一生一世的大賭注。妳會在信任的伙伴面前，露出難堪的模樣……或者是得到名譽呢？」

「……」

「我的首級就在這裡。只要帶走這個，妳將會被譽為人族的勇者，永垂千古。」

阿托菲敲了敲自己的脖子。

神情充滿自信。「這個女人不可能殺得了我」。她有這樣的自信。

周圍的親衛隊正在嘆息。

哎啊，阿托菲大人又在輕敵！為此感嘆。

但是，面對英雄之際，故意讓對方打中一擊，如今對於不死魔王的血統來說，已經是無可避免的天性。

「我根本不需要什麼名譽。」

艾莉絲果斷這樣說道。

「不過，我會砍下妳的脖子。」

「說得好！艾莉絲·格雷拉特！好啦，來吧！」

現場迴響著阿托菲的叫聲。

西垂的太陽落入山林，四周一帶被黯淡所籠罩，燃燒著紫色火焰的燭臺，映照著兩人的身影。

阿托菲的目光炯炯有神。

艾莉絲的瞳眸也不服輸地回瞪。

兩人的視線交錯，兩人的殺氣激烈碰撞。

兩人一觸即發。

「啊……」

然而，這時，親衛隊並沒有看著這兩人。

而是看著艾莉絲後方。

巨人，正聳立在那裡。

在黯淡的光線當中，或許高達三公尺的石巨人，就站在那裡。

到底是從哪裡出現？

是召喚魔術？

不對，並沒有那樣做的痕跡。而藍髮的魔術師正站在離那名巨人幾步之遙的位置。

表情就像是在表示成功了那般雀躍，緊緊握拳從後方仰望巨人。

「啊～……」

性情暴躁，而且又是劍神流的艾莉絲為什麼沒有進攻？

在親衛隊當中也有人理解到這點，為此發出嘆息。因為艾莉絲是在爭取時間，讓魯迪烏斯做好準備。

他召喚了魔導鎧「一式」。

「喔……喔喔喔……」
聳立在艾莉絲身後的黑影。
阿托菲抬頭望著，發出沉吟。
她對那個鎧甲有印象。是在拉普拉斯戰役之前，第二次人魔大戰的時候。
遭到封印之前，自己有印象看過。形狀稍有不同，顏色略有差異。然而那都是瑣碎小事。
那種鎧甲，不可能在世界上存在好幾個。
「鬥神鎧……！」
當阿托菲抬頭仰望，茫然地低喃一聲時——
「嘎啊啊啊啊啊啊啊啊啊！」
艾莉絲發動襲擊。

★魯迪烏斯觀點★

艾莉絲揮劍。
朝著抬頭仰望魔導鎧的阿托菲脖頸左側，以最短距離直接攻擊。

化為一道銀光的魔劍，保有壓倒性的殺傷力，滑落在阿托菲的脖頸。
然後，就這樣砍穿——
「唔！」
停下來了。
劍停在阿托菲的脖子中間。
「……」
阿托菲的劍，深深地刺進艾莉絲的右肩。
只是這樣，就令艾莉絲的右手動彈不得。
不是停下來。
而是被擋住了。
劍刺進骨頭之間，運用槓桿原理，擋下了被譽為最強劍技的光之太刀。
「嘎啊啊啊啊啊啊！」
瞬間，艾莉絲放棄右手。
只使用左手，用力將劍揮出。
本來的話，光之太刀能一擊就砍飛敵人腦袋。
但既然只有單手，威力自然會減半。阿托菲的腦袋留下三分之一，與身體緊緊接住，留了下來。

照常理來說，這樣就死了。人一旦脖子被砍落三分之一就是致命傷。

但是，對方是阿托菲。

不死魔王阿托菲拉托菲・雷白克。

「啦啊啊啊！」

阿托菲以看起來半死不活的身體，一腳踹飛艾莉絲。

隨著砰的一聲討厭聲響，艾莉絲遭到踢飛，洛琪希從背後接住了她。

肩頭源源不絕流出鮮血的同時，艾莉絲依舊以凶狠視線瞪著阿托菲。

幹勁十足，然而她的回合只到這裡。

「喔喔喔喔！」

阿托菲一邊發出吼叫，同時重新轉向我。

就好像要採取防禦架式那般架劍，就這樣擺出前傾姿勢，朝著架好加特林機槍的我突進。

之所以會把苗頭朝向還沒開始行動的我，是基於野性直覺，或是經驗使然？

但由於艾莉絲被踢飛，使得射線清空。

「『射穿』！」

岩砲彈如驟雨傾注而下。

一步。阿托菲的鎧甲化為粉碎。

兩步。阿托菲的肩膀碎裂，劍在空中飛舞。

三步。阿托菲被打成蜂窩的上半身與下半身分離，遭到打飛。

沒有第四步。失去上半身的下半身猛然傾斜，倒了下去。

是對心臟很不好的景象。

雖說因為她是不死魔王沒有出血，但要是出血，心情說不定會變得更加糟糕。

我不習慣殺人。不可能習慣。

在如此接近的距離擊發加特林機槍，是因為我知道她死不了才能這麼做。

沒錯。就算成了這副德性，依舊死不了。

「成功了嗎？」

對艾莉絲施以治癒魔術的洛琪希，一臉不安地環視親衛隊，同時這樣詢問。

只要沒有阿托菲的命令，他們就不會發動襲擊。

沒有人擔心阿托菲的安危。因為對不死的主人有著絕對的信賴。

「還沒結束。」

我保持警戒並這樣回答。

「接下來我們也得上嗎？」

「不是啦，肯定贏不了吧。」

「你看地板。黑曜鋼鐵整個凹進去了耶？」

「鎧甲也沒有意義了嘛。那是什麼魔術啊……」

「之前與阿托菲大人戰鬥時，那傢伙用過威力驚人的岩砲彈。大概是那個。」

「喔喔，原來如此。所以是連射岩砲彈嗎？」

「換句話說，除了鎧甲外還有那把杖？是魔道具嗎？」

他們開始分析起來了。

真是群沒有危機感的傢伙。不過，想必是因為他們明白阿托菲不會因那種程度而死。

阿托菲即將復活。

現在這個當下，她正在復活。

四分五裂的肉聚為更大的肉片，然後慢慢結合，試圖恢復原本的大小。

與某個寄生生物不同，就算拔下頭髮，也可以自力恢復嗎……（註：出自漫畫《寄生獸》）

另外，就算肉片沒有全部回來，也可以從小型肉片感覺到能透過細胞分裂再生的生命力。

那種生物身穿鎧甲，甚至會使用武術。肯定亂強一把啦……

當我正在胡思亂想，阿托菲已恢復原本的模樣。

只是因為被打成蜂窩，上半身赤裸。

可以看到鍛鍊得比艾莉絲強健的肌肉，以及比艾莉絲略遜一籌的大乳房。

明明是那種生物，卻要鍛鍊肌肉，這有什麼意義嗎……

想必有吧。以細胞不會死的觀點來思考，鍛鍊起來似乎比人類更有意義。

真感興趣。

「還要再打嗎？」

我詢問結束再生，赤手空拳的阿托菲。

我已做好打長期戰的心理準備。

但是，我並不是真心要與她戰鬥，也不是為了與她敵對而來。

要是因為嫌麻煩，而打算認真封印現在復活的阿托菲或是將她消滅，在後面看著我們的穆亞就會與我們為敵。

判斷為敵對關係的穆亞，會率領親衛隊發動攻擊。

這件事情是奧爾斯帝德告訴我的。姑且也有想過因應那種場合的方法……但這麼做當然並不是我的本意。

雖然很麻煩，還是每當阿托菲爬起來就依次打倒她，令她滿足才是最佳答案。雖然不清楚她會殺過來幾次，但直到魔力耗盡之前，就好好奉陪吧。

「不打！」

儘管我是這樣想，但阿托菲卻給出這樣的回答。

然後穆亞便匆忙衝來，將披風披在阿托菲身上。
「我現在就去拿替換的鎧甲。」
「哼！」
阿托菲在地面盤腿，沉沉地坐了下去。
她似乎沒有戰鬥的意思。
不過，卻咬牙切齒地抬頭看著我。
老實說，很意外。我原本以為她肯定會在復活的同時猶如野豬那般衝過來。
或者，會向周圍發號施令包圍我們。
「……」
她與我之間，雖然可以看到架劍站著的艾莉絲，但她卻毫不在乎。
我的斜後方，雖然還有舉杖站著的洛琪希，但這次她似乎沒表現機會。
「……」
阿托菲目不轉睛地看著我。不發一語，盯著我好一陣子。
「穆亞，你還記得嗎？」
然後，這樣低喃了一句。
「不，因為我在人魔大戰時還沒……」
「這樣啊，是這樣沒錯。」

阿托菲喃喃說道，聲音一反常態地低沉，一反常態地冷靜。

「與當時的不同。當時的那個，更加閃亮。雖然力量及速度比這個更強，但沒有那種武器。」

阿托菲說的，想必是原版的「鬥神鎧」吧？

據說是拉普拉斯製作的最強鎧甲。

「但是，人族總是這樣。一開始很弱。非常脆弱。只要我們率兵攻打，立刻就會瓦解，開始逃之夭夭。但是過了一陣子，情勢就會慢慢改變。回過神來，成員換了、鎧甲換了、武器換了，連戰鬥方式也是。團結對抗、分散游擊，或是在山中埋伏、在河邊夾擊……他們這樣做的同時，也一點一點變強。卡爾說，那正是人族的強大。」

總覺得阿托菲的表情很沉穩。說的話也莫名理性。

難道不死魔族再生一次後，會進入賢者模式嗎？

「那是你做的嗎？」

「是。」

「這樣啊……很強，你確實很強。」

阿托菲以坦然的表情說道。

「這件事真有意思。老爸費盡苦心也始終無法贏過的龍族，居然會被微不足道的人族追上……」

阿托菲緩緩起身。讓穆亞跟在旁邊，抬頭看著我，雙臂環胸，對於還一頭霧水的我，阿托菲自顧自地繼續說道：

「我輸了。按照約定，只要你還活著，我就是你的部下。」

於是，阿托菲正式成為伙伴。

「魯迪烏斯·格雷拉特。打贏我的你，是勇者。」

我也順便成為了勇者。

★　★　★

後來，在阿托菲的要塞舉辦了慶功宴。

慶祝討伐魔王的宴會。

主辦人是被打倒的魔王本人，工作人員是親衛隊，賓客也是親衛隊。

宴會會場設立在巨大的練兵場。

撤走木人與運動器材，在中央搭建鬥技場，然後以獸皮製成的地毯像是要將該處圍起那般鋪在地上，親衛隊的成員都開始大吃大喝。

魔王阿托菲被打倒了。

話是這樣說，遭到阿托菲囚禁的人們並不會因此獲得解放。

以我來說，阿托菲親衛隊的戰力減少也很困擾，況且阿托菲也肯定沒有理解這個道理。

總之先維持原樣。

又不是在玩官兵抓強盜，自然不可能一次解放所有人。

算了，如果有無論如何也想回去的傢伙，再找機會慢慢放他們回家吧。

如果是分批放人，阿托菲應該也不會發現。

話雖如此，阿托菲親衛隊的成員看起來都在盡情享受宴會。

好像也沒有趁機反叛的意思。

算了，這也是應該。畢竟不是他們自己打贏的。

「今晚是值得慶祝的日子！喝吧！唱吧！然後戰鬥！」

阿托菲明明打輸，看起來卻相當開心。

她讓部下在宴會會場正中央的鬥技場戰鬥，看得不亦樂乎。

看她每喝一杯我送的酒就會大叫：「好喝！」從這點來看，想必是令她相當滿意。

雖然感覺很不可思議，但是這部分倒是與巴迪岡迪很相像。

像是在決鬥後總之就是先喝酒唱歌這種地方……

證明他們果然是姊弟。

不死的涅克羅斯拉克羅斯那傢伙或許也是像這種感覺。
「哈哈哈哈哈，很好！」
「幹掉他──！」
「擋好擋好！手抬起來！手抬起來！嗚哇……」
在鬥技場上舉辦著格鬥戰。
沒拿武器、不穿鎧甲、赤手搏鬥，頗有男子氣概的勝負。親衛隊精壯的男人們握緊拳頭，在場上互相痛毆對手。
啊，不對，等等。那個人不屬於親衛隊，也不是男性。
「勝者，艾莉絲！」
站上鬥技場的人，是艾莉絲。
想必是那場戰鬥還沒讓她過癮吧。她以猶如凶猛野狗般的動作，狠狠教訓了阿托菲親衛隊的魔族。明明在那場戰鬥之前也與四天王交過手了，真是精力充沛啊……
不過話說回來，其實打得難分難解。
那個頭像蜥蜴的親衛隊，正在與艾莉絲正面互毆。
雖說親衛隊也是精銳，但艾莉絲手上也沒劍。如果是赤手空拳比拚，或許能戰得平分秋色嗎？還是說其中一方在手下留情……
不對，並沒有手下留情。

在鬥技場旁邊，已經躺了好幾個不省人事的選手。

看樣子艾莉絲至少已經狠狠修理了三個人。

儘管不是毫髮無傷，但是有洛琪希擔任場邊教練幫忙使用治癒魔術，應該不要緊。

艾莉絲變強了啊……

「啊——哈哈哈哈！很強嘛！不愧是勇者的伙伴！下一個是誰！誰上？」

「決鬥吧！魔王阿托菲！妳給我下來！」

「啊——哈哈哈哈哈！居然想跟我挑戰徒手對決，看來是個不亞於奇希莉卡的笨蛋啊！很好，我喜歡！由我來當妳的對手！」

阿托菲猛然扯掉披風，赤裸著上半身，躍入鬥技場。

會場響起了震耳欲聾的歡聲。

宴會來到最高潮。究竟是艾莉絲會贏，或是阿托菲拿下勝利？

賠率肯定是阿托菲占優。但如果是艾莉絲，艾莉絲的話肯定會大爆冷門——

「魯迪烏斯先生……魯迪烏斯先生！」

「啊，失禮。」

我並沒有參加宴會。

我待在要塞的一室，正與穆亞在開會討論今後方針。

明明我應該是主角……宴會都來到最高潮了。到底是為了什麼而辦的宴會啊？

「嗯咳，詳細狀況我了解了。搜索人神與其使徒基斯，並將其殺害，以及在戰爭時提供援助。搜索奇希莉卡大人、設置諜報組織、與魔神拉普拉斯戰鬥時提供援助。大致上是這樣沒錯吧？」

「是的。」

與阿托菲不同，穆亞是能夠溝通的男人。

他聽取我的請求，總結之後以積極態度商量。

說不定，他是阿托菲的腦漿擁有人格，從狹窄的頭蓋骨裡面蹦出來的。（註：出自希臘神話，雅典娜是從宙斯頭上誕生）

「前兩項是無所謂，但後面兩項，尤其是與魔神拉普拉斯戰鬥時提供援助這點，實在沒辦法答應。」

「果然沒辦法嗎？像是要對拉普拉斯講情面之類……？」

「因為阿托菲大人是敗給你個人。只要你一死，這個約定也會自然失效。或者說，八十年後你依然在世嗎？」

「……應該很難呢。」

再怎麼說也是個人。只限我一個人。

或許只要讓她覺得是輸給洛琪希就行了……算了，沒辦法。

這也是命運吧。

「支援傭兵團這點也很困難。」

「是因為有地盤意識的緣故嗎？」

「儘管阿托菲大人統治著這一帶，但支配的只有親衛隊。要建立其他組織是沒問題，但無法一一關照。」

「……了解。」

傭兵團也沒辦法。

如果只是要設立是沒問題，但不能忘記隔壁組織的頭頭是阿托菲。

將來會引發問題。然後要解決問題不是靠智慧，而是要仰賴當下的實力。

想必也有可能發生回過神來，組織就已經崩壞的事態吧。

「關於搜尋奇希莉卡大人這部分，就將附有阿托菲大人簽名的書信送給各地魔王吧。如果只是尋人，想必各位魔王也願意出手相助。」

「麻煩你了。」

「並不麻煩，要送的人是魯迪烏斯先生。因為我們不清楚轉移魔法陣的詳細位置。」

「啊，好的。」

這樣啊，話說回來這些人知道轉移魔法陣，也不需要隱瞞。

轉移魔法陣對人族而言雖然是禁忌，但是對魔族，尤其是對長壽的種族來說或許根本不算禁忌。

「奇希莉卡大人若沒有特殊理由也不會四處逃竄，想必立刻就能找到。」
「我希望能盡快找到她。」
「雖然得根據書信送達的速度而定……但一年之內應該能在某處找到才是。」
目前依舊不清楚奇希莉卡人在哪。
「真不知道那個人為什麼老是到處晃來晃去呢。」
「不清楚，我難以了解古老魔族的想法。」
「……也是。」
以我來看，穆亞也是古老魔族之一。
雖說不清楚他活了多少年，但既然是不死魔族，肯定不只活了一兩百歲吧。
「不過魯迪烏斯先生，你真的變強了。和以前碰面時相較之下，簡直判若兩人。」
「是魔導鎧的力量。」
「你太謙虛了。」
「這並不是謙虛。儘管我得到了足以壓倒阿托菲大人的實力，但我本身的實力並沒有驚人的成長。」
「實力」是可以創造的。
藉由魔術與技術的融合。
基本上，這個「實力」並不是只靠我一個人的力量得到。

是靠我、札諾巴、克里夫，最近還要算上洛琪希。要是沒有他們，魔導鎧就不會完成，也沒辦法用於實戰。

「僅僅一擊就讓阿托菲大人認同你的實力，決定投入你的旗下，自初代北神卡爾曼大人後，你還是第一個人。」

「我認為自己尚未達到列強水準。」

只要她就這樣反覆再生，持續戰鬥下去，最終會倒下的人想必是我。

因為魔導鎧很耗能量，魔力也不是無窮無盡。

「如果不足，只要彌補即可。技術、武具以及伙伴。阿托菲大人認同這所有一切。因此，她才總是把『所有人一起放馬過來』掛在嘴邊。她說，因為那是人族的強大。」

人族的強大在於統合力……是這個意思吧。

不論使用武器，仰賴伙伴，全都算是戰略及戰術的一環。

就算對手使出何種手段也不會認為卑鄙。

正因為如此，阿托菲才會坦承戰敗，穆亞才會誇獎我。

我有點明白了。

「可是，阿托菲大人還有我等親衛隊，也尚未施展北神流的劍術。請別認為她與你交手時已經拿出真本事。」

「我會銘記於心。」

這次，阿托菲是獨自戰鬥。
但是，那對阿托菲而言只是最低限度的力量。
阿托菲也為了引進人力，穿戴武具、組織親衛隊。要是認真交手，勢必會動用一切手段戰鬥。
所以阿托菲還留了一手。只是我不清楚她打算在何時使用。
聽起來很可怕。
未來的我也好像是被穆亞降了一軍才輸的……
這次，我姑且也預想過與親衛隊戰鬥的狀況，也為此做了充足準備。
而且還讓洛琪希攜帶能對應任何事態的捲軸，只要能在短時間內壓制穆亞，起碼能做好撤退的準備。
儘管我是這樣想的，但要是親衛隊正式參戰，狀況或許就不妙了。
「穆亞！穆亞———！把魯迪烏斯帶過來！」
此時，阿托菲大聲嚷嚷。
呼喚穆亞的聲音，甚至傳到了這裡。
我望向窗外，發現艾莉絲已經趴在地上，洛琪希正急急忙忙地衝去。
看樣子她輸了。
嗯，這也是應該。

「差不多也該過去了呢。到時若要聯絡，再麻煩你用剛才設置的石板。」

「好的。不過在那之前——」

穆亞這樣說完，遞出了放在旁邊的箱子。

大小約為國語字典。是個上面刻著不祥的惡魔圖案，感覺一打開就會受到詛咒的箱子。

我接過來後，發現意外地輕。

「阿托菲大人吩咐，要我把這個轉交給你。」

「……這是？」

「請在陷入絕境時打開。勢必能為魯迪烏斯先生派上用場。」

原來如此。

意思是打開之後才會有驚喜吧。

「那麼，我們走吧。」

「好的。」

我把箱子放進行李，離開了那個房間。

後來，阿托菲要我在她旁邊坐下，我一邊在特別座觀賞鬥技，一邊被勸酒。

眼前是親衛隊組成的五對五團體戰。是穆亞他們所帶來的華麗魔術雜耍。

其他還有像是中國雜技團的特技表演、前吟遊詩人演奏的音樂。

不過基本上，我沒辦法好好地觀賞那些表演。

因為坐在我旁邊的阿托菲，不知為何一直赤裸著上身。

哎呀呀，眼睛都不知道要往哪擺了。

禁慾的魯迪烏斯，正因為禁慾，慾望更加沉重。

「……」

當我斜眼瞥去，不知不覺坐在旁邊的艾莉絲便揪住我的耳朵，坐在大腿上的洛琪希則是封鎖了我望向阿托菲的視線。

是場愉快的宴會。

閒話「我們結婚了」

只有約十幾間的屋子聚集在一起。簡陋的柵欄。不太寬廣的田地。田地角落的食〇花（註：電玩《超級瑪利歐》的敵方怪物）。圍在大鍋前面的國中生。

每個場景都維持著記憶中的昔日模樣。

「不知道岳父他過得好嗎？」

「誰知道呢……」

米格路德族的村落猶如時間靜止。

自阿托菲加入為伙伴後，過了大約兩個月時間。

這段期間，我到處送書信給各地魔王。

帶著阿托菲的書信，以及奧爾斯帝德推薦的貢品，從魔大陸的一端到另一端……講得很誇張，不過也只是用轉移魔法陣。

魔王有各式各樣的傢伙。

身為美食家，身形如豬的「掠奪魔王」巴格拉哈格拉。

像摩艾石像那樣只有臉的「臉之魔王」萊因拜恩。

身體隨時都在發光的「光之魔王」薩梅迪諾梅迪。

以輕薄衣物遮住半透明肉體的「妖豔魔王」帕托爾賽托爾。

諸如此類。

我做好心理準備，前往所有場所。

畢竟對方是魔王。

說到魔王，就是以阿托菲拉托菲及巴迪岡迪為首的笨蛋集團。

肯定不會聽人說話。

儘管我這樣認為但其實意外地都是些能溝通的對象。

當我交給他們禮物後會像孩子那般開心，把阿托菲給我的書信交給他們後，會一臉鐵青地低喃：「是勇者啊……」，然後別開視線低下頭。

甚至有人當場失禁，苦苦哀求說：「請別殺我。」

「不快魔王」凱布拉卡布拉也是這樣。

奧爾斯帝德提醒過要特別注意的「不快魔王」凱布拉卡布拉。

是全身都開著洞的球體狀魔王，所有洞口隨時都散發著嘔吐的味道。實在令人感到相當不快，雖說甚至讓我有種會直接交戰的預感，但一搬出阿托菲的名字，他就一瞬間低頭跪下。

我非常明白他有多麼畏懼阿托菲，同時也理解到她有多麼異常。

所謂的魔王，基本上就是只會做自己喜歡事情的，一群好相處的傢伙。

當我提出要求，他們就會換上嚴肅表情討論。

只不過，關於搜尋奇希莉卡一事他們雖然願意幫忙，但關於八十年後那件事，多半都是回答：「那麼久以後的事我不是很懂。」

看樣子性命長壽的魔王們並不會去思考將來。

途中，我也繞去了利卡里斯鎮。

是由巴迪岡迪所支配的，奇希莉卡城的所在之處。從前奇希莉卡視為據點，建在環形山的城鎮。

巴迪岡迪並不在那裡。

雖說我也問過士兵，但他好像連一次也沒回去。

每個人都聳肩表示，不知道他到底跑去哪裡溜達。

我姑且把書信交給留守的士兵，不只是奇希莉卡，我也拜託他們搜尋巴迪岡迪。

魔王所住的城堡只剩下幾處。

照這樣下去，似乎能順利完成任務。

到了這個階段，洛琪希說：

「可以稍微回故鄉露個臉嗎？不要緊。很快就會結束，我會一個人快去快回。」

我不可能讓她一個人回去。

我立刻返家，帶著菈菈與聘禮回到利卡里斯鎮。

我早就料到會有這一天，所以事前就已準備妥當。

然後，我們結束三天的旅程，現在來到了米格路德村。

是我、洛琪希與菈菈三個人。

到頭來，艾莉絲還是謝絕與我們同行。

雖然她說要我替她謝謝他們送的那把劍……不過一想到她也懂得人情世故，就令人感慨良多。

★ ★ ★

洛琪希的母親洛嘉莉，一看到洛琪希就整個人僵住不動。

不對，並不是因為看到洛琪希。

她之所以僵住，是看到親密地站在洛琪希身旁的我，以及洛琪希抱著的小孩。

在這個村子，有人目不轉睛看著洛琪希。應該是在傳送心電感應吧。

但是，洛嘉莉不同。她確實是因為思考停止而整個人頓在原地。

大概僵住了五秒左右。

「媽媽，我回來了。」

洛琪希出聲打招呼，洛嘉莉的身子猛然一顫。

「洛……洛琪希，那位，和那個孩子是？」

「是我的丈夫，還有小孩。」

「……！」

下一瞬間，洛嘉莉擺出「哎呀！」的表情，東張西望地環視周圍。

幾乎與此同時，她看到在附近的米格路德族湊到這邊來後，似乎就用心電感應說了什麼。

或許是在叫洛琪希的父親洛因。

呀——老公——洛琪希帶男人回來了——！

搞不好是在說這種話。

「……」

「……」

沉默的視線令人疼痛。

但是，我是洛琪希的丈夫。行為舉止不可以令她蒙羞。

我環起雙臂、雙腳併攏、抬頭挺胸。將超能力纏繞在身上……

「媽媽，爸爸在嗎？」

「呃……在啊。我剛剛叫他了。因為他在村長家……我想立刻就會回來。」

「那麼，請讓我們在家裡等。我們太引人注目，害得魯迪擺出了奇怪的姿勢。」

咦咦！很奇怪嗎！

明明這是歷史悠久的邪惡總帥的姿勢呀……（註：出自《快打旋風》的貝卡）

「那麼魯迪，我們走吧。」

「嗯。」

我照洛琪希所說，跟在她後面。

會感覺背上的行李沉重，是因為接下來要向岳父與岳母打招呼感到壓力嗎？

希望不是因為心愛的洛琪希貶低我使出渾身解數所擺的姿勢。

「打擾了。」

我跟在兩人後面，在周圍視線的關注下，來到了洛琪希娘家。

仔細想想，之前來的時候我沒有走進這個家。不知道能不能看到洛琪希年輕時的房間，或是畢業紀念冊之類呢？

不對，我知道這個聚落並沒有那樣的概念。

「不知道有沒有儲備糧食……」

「不了，我們馬上就會回去，不用費心。」

「怎麼這樣，洛琪希，既然妳難得回來，就悠哉地多待一會兒吧。」

我一邊聽洛嘉莉寂寞地說出這番話，同時在地爐旁坐下。

然後，洛琪希立刻坐在我旁邊。

「不，因為我們也有許多事情得忙。」

「這樣啊……」

洛嘉莉一臉失落。

其實在這裡待個三四天也未嘗不可……

只是洛琪希好像不太喜歡故鄉，要早點回去或許也是沒辦法的事。

「不過話又說回來，妳居然這麼臨時跑回來……而且，還帶了這麼出色的男性……」

此時，洛嘉莉重新望向我。

她目不轉睛地從腳到頭，毫不客氣地打量了一番之後，像是突然會意過來那般低下頭。

「啊，我太晚介紹了。我是洛琪希的母親，叫洛嘉莉。初次見面。」

初次見面……嗎？

畢竟只是在十幾年前見過一面，她好像不記得了。

「我叫魯迪烏斯．格雷拉特。其實以前我們曾見過一次……」

「是這樣嗎……？」

「是的。大約在十年前，瑞傑路德曾帶我來過。」

「你認識瑞傑路德．斯佩路迪亞？不過，他待在這個村子是在……」

聽到瑞傑路德，洛嘉莉將手抵在下巴擺出沉思表情。

然後，就像是突然想到什麼，「啊」了一聲。

「難道你是瑞傑路德啟程時跟他在一起的，那個人族小孩？」

「是，就是我。」

「哎呀……！真懷念！原來你長得這麼大了。雖說只經過十年又一些時日，但就算是人族，長得這麼大，也算是獨當一面的男子漢了吧？」

「是的。我認為自己已經能獨當一面，雖然還有許多不成熟的地方……」

此時我把手放在地上，低頭鞠躬。

「遲遲未能向您報告，不過，我已經和令千金結婚。」

「……啊，好的。那個，選這孩子可以嗎？」

「就是要這孩子才好。」

我說完這句話後望向洛琪希，她滿臉通紅。

「那個，洛琪希作為一個人族的妻子，有確實做好分內的職責嗎？人族與魔族之間也會有摩擦吧？她沒有給你添麻煩嗎？」

「與其說她是否盡責，正確來說，我才總是受到洛琪希幫助。在我家最可靠的就是洛琪希。」

「是這樣啊……」

我的側身被洛琪希戳了一下。

我想說是怎麼了而望向旁邊，她小聲地說：「太抬舉我了。」

可是這番話並沒有誇大其詞。我確實很仰賴她。

「可是，這麼出色的男性……選我家女兒真的好嗎？」

與剛才相同的疑問。

洛嘉莉似乎也很混亂。

「魯迪還有另外兩位妻子，我在立場上是小妾的地位，就算多少有不足之處，也是不成問題。」

洛琪希插嘴說道。

洛琪希完全沒有不足之處，況且我也從來沒把洛琪希當作小妾……

「是這樣啊……可是……」

「媽媽，麻煩妳別再問這麼害羞的事情。」

「這樣啊……嗯……可是我果然還是很擔心。因為妳從以前就冷淡、沉默又不客氣……」

「我明白自己的缺點。不過，我也像這樣好好生下了孩子，做好身為妻子應盡的責任。」

責任什麼的聽起來很像公事。就算沒有生下孩子，我的愛依然不會變啊……

不過，或許這樣說比較妥當。

「魯迪烏斯先生，是真的嗎？」

「是的。最起碼，我絕對不會討厭洛琪希。我對神明發誓。」

我的愛是神之愛。無限的愛。

「這樣啊……」

洛嘉莉擺出困惑表情。

果然最好以行動表示嗎？像是抱住身旁的洛琪希肩膀之類。

啊，手被揪住了。不是的洛琪希，我不是打算伸鹹豬手摸妳屁股。

我本來這樣想，但手被握住了。洛琪希的手很溫暖。

「好像是這樣呢。」

洛嘉莉似乎也接受了。

此時，坐在洛琪希身旁的菈菈突然把臉望向外面。

「啊，洛因回來了。」

似乎輪到岳父登場了。

鄭重地跟他打聲招呼吧。

我得繃緊神經。

已經做好下跪的準備了。

★★★

問候洛因的過程也很順利。

他也和洛嘉莉有相同反應。

由於講的話幾乎相同，我也做出同樣回答。應對起來非常輕鬆。

看樣子不需要下跪就能了事。

「不管怎麼樣，恭喜妳，洛琪希。既然妳過得幸福，自然是再好不過。」

洛因最後淚眼汪汪地這樣說道，握住了洛琪希的手。

「謝謝你，爸爸。」

不論是洛琪希還是洛嘉莉都淚眼盈眶。

看到這一幕，總覺得連我也感慨萬千。

我有好好讓洛琪希幸福嗎？

基本上，所謂幸福究竟是什麼？儘管我不清楚，但為了不要讓她討厭我，今後我也得好好努力。

「不過話說回來，洛琪希嫁人了啊……從小就會在空無一物的地方跌倒，哭得唏哩嘩啦的那個洛琪希……」

「請別在魯迪面前講這種話。」

洛琪希小時候嗎？一定很可愛吧。因為外表八成與現在沒有多大差異，長相可愛這點姑且不論，其他就是像發言之類的，應該會更孩子氣吧？

要是當時相遇，一起成長……肯定會與現在變成不同關係吧。

不對，不管是什麼樣的關係，我想自己尊敬洛琪希的命運都不會改變。

「我實在沒想到居然能看到孫女呢。」

洛因好像很感動。

就算被洛琪希責備，他依舊說出這樣的話並抱起菈菈，心情很好。菈菈一如往常，沒有亂動，只是目不轉睛地凝視洛因。

洛因看著她，莞爾一笑。

「是嗎，妳叫菈菈啊？能好好說出自己的名字，真是聰明。」

「咦？」

「咦？」

我與洛琪希異口同聲地感到驚訝。

我們還沒提過菈菈的名字。

菈菈也還沒說過一句話。

為什麼……

當我感到不解時，洛琪希露出恍然大悟的表情望向洛因。

「……我的孩子難道已經會使用心電感應了？」

「咦？是啊。雖然說起話來還結結巴巴，但能明白表達出意思。」

我和洛琪希面面相覷。

今天才明瞭這個衝擊的真相。

我家女兒是超能力者。

不對，仔細想想其實並沒什麼好奇怪。

洛琪希無法用心電感應。可是，既然洛琪希的雙親都能使用，自然不是因為遺傳而來。

「你們不知道嗎？」

「……因為我家沒有人會使用心電感應。」

「是這樣嗎……？可是，菈菈說奶奶經常會跟她說話喔。」

奶奶。

菈菈的奶奶……是指洛嘉莉……應該不對。

是塞妮絲。

「啊～……」

同時，我搞懂了一件事。

神子曾說過，塞妮絲可以讀取別人的心思。

然後，在塞妮絲的記憶當中，菈菈非常愛說話。

平常一語不發，沉默寡言的菈菈。她一臉開心地與塞妮絲聊天的記憶。

這樣啊，是心電感應。

菈菈一直在用心電感應說話。

所以，她才有辦法與塞妮絲對話。

「……」

總覺得鬆了口氣。

可是，洛琪希看起來好像卻不是那樣。

總覺得她擺出為難表情，低著頭。或許是在想明明女兒辦得到，卻只有自己不行吧？現場的氛圍一口氣鬱悶起來。

「真的……咦咦？怎麼辦……菈菈，是爸爸喔～」

我挺起身子，一邊撫摸菈菈的頭一邊這樣說道。

菈菈沒有露出笑臉，只是一直注視著我。是在說什麼嗎？

「她說聽不懂你在說什麼。」

咦？……啊，對了，我剛才是說魔神語。

「菈菈——我是爸爸喔——」

這次試著用人族語言再說一遍。

然後，觀察洛因的反應。

「她說知道。」

原來知道啊。這樣啊，也對，不知道才有問題。

畢竟我平常就一直這樣說。

不過話說回來，真是不講情面。

我原本以為她至少會說：「我最喜歡爸爸～」然後用親親給我福利。

最近就連露西也願意這樣說。

是說，心電感應和語言沒關係吧。與用嘴巴說出來的話感覺不太相同嗎……

也對。否則要與塞妮絲對話也很傷腦筋吧。

「不管怎麼說，我原本以為她成長速度有些緩慢，所以稍微鬆了口氣。」

「因為她還小，只能用腦袋說話，再過一陣子，自然就能用嘴巴說話了吧。」

洛因這樣說道，一臉懷念地瞇起眼睛。

「你們現在的感覺，肯定和我們生下洛琪希時相同吧。」

「意思是？」

「因為我們在洛琪希出生時，也認為她不會說話，成長緩慢……」

家族中唯一無法用心電感應的洛琪希，與家族中唯一能用心電感應的菈菈。

立場很類似嗎？母子倆真像呢。

不管怎麼樣，至少放心了。

我家小孩似乎有在確實成長。

其實要是家裡面沒人能陪她聊天會很傷腦筋，但也沒有這回事。

起碼確定塞妮絲可以，雷歐可能也在用類似心電感應的能力和菈菈對話吧。有那種感覺。

等到她有辦法說話，到時也能和其他家人交流。

再等一陣子就行。

「也就是說，菈菈和洛琪希一模一樣對吧。」

「哈哈哈，是啊。一模一樣。尤其是眼睛特別相像。」

洛因開懷大笑。

洛嘉莉也是一臉開心。

不知道是不是錯覺，菈菈看起來也露出了開心表情。

後來，我將以前借的錢以十倍金額奉還，並獻上聘禮，看到久違的大王陸龜料理，儘管內心皺起眉頭，但表面上還是說很好吃。

度過了愉快的時間。
幸好有來。
儘管我是這樣想，但洛琪希卻是愁眉不展。
她到最後都是一臉糾結表情。

★★★

結果，那天晚上我與洛琪希決定在村裡過夜。
或許是因為考慮到我們是夫妻，他們安排了洛琪希娘家附近的空屋供我們住一晚。
稍微清掃過有些灰塵的空屋後，我們一家三口排成川字就寢。
要是去旅社，就像是床只有一張，放了兩顆枕頭那種感覺。
不過，和莅莅在一起時不能做出那種事，況且現在的我是禁慾的魯迪烏斯。
就算洛琪希睡在身旁，依舊可以不碰她一根寒毛。
不過，看到像這樣閉眼睡覺的洛琪希，總是會情不自禁。
會有種稍微摸一下就好的心情上湧。
心頭難耐。想做。
不過，仔細想想。

我是為了暫時不要有小孩，才開始禁慾生活。

所以，反過來說，只要不會有小孩就行。如果只是排出罪惡膿液的行為，不會違背命運。

洛琪希是安全的。

所以嘍，恕我失禮——

「魯迪。」

呼啊！

對不起！我只是一時鬼迷心竅！

我以為只是碰一下應該會被允許……不過仔細想想也對，我是禁慾的魯迪烏斯！禁慾的魯迪烏斯不能原諒這種事！

「你還醒著嗎？」

「呼啊——嘶——」

「要裝睡是沒關係，可是剛才視線都對到了。」

我心不甘情不願地睜開眼睛。

躺在旁邊的洛琪希望向我這邊。表情很嚴肅。

「是關於菈菈的事。」

菈菈已經發出鼾聲。

儘管醒著的時候看來目中無人，但睡臉卻猶如天使下凡。

「老實說，我曾經想過會不會是那樣。」
我不需要問她指什麼。
想必是今天那件事。
菈菈可以正常地使用米格路德族的能力那件事。
「雖然我一直隱瞞到現在……但是，每當我看到菈菈與塞妮絲小姐彼此對視，就會考慮到這個可能性。」
「我倒是完全沒想到會是這麼一回事。」
「我想也是。因為魯迪在這幾年來，都一直忙於工作東奔西跑。」
是指我沒有在關心孩子吧。
感覺她是這個意思。也對，說沒有在關心可能真的沒在關心。或許我只是看著可愛的部分，只是在疼愛小孩。不管是像育兒的事，或是類似教育的事，我從來都沒做過。
說實話，我把事情都推給希露菲與洛琪希。
「你那是什麼表情？我並沒有因此責備你的意思喔。」
我很感謝洛琪希能這樣說。因為我不管再怎麼煩惱，再怎麼反省，現在的我光是應付人神就已經疲於奔命。幾乎沒有多餘能量能用來扶養小孩。
「只是，我有個想法。」
洛琪希輕撫菈菈的頭。

「我在這個村子出生。自懂事之後，就一直帶著疏遠感成長。」

「……」

「回想起來，每天都令我難熬。離開這個村子，到可以用話語溝通想法的城鎮，在那裡認識朋友，作為一名冒險者開始生活的時候，我才終於實際感受到，原來我所居住的世界是在這裡。」

大家都能做到的事情，洛琪希辦不到。

明明是非常單純的事情，她卻辦不到。

就算被人問起為什麼連這種很常識的事情也辦不到，她也不清楚。

只是因為辦不到，就被周圍的人說自己是個派不上用場的廢物，就連自己也認為是這樣。

不過，那其實並不是常識。

就算辦不到也沒關係。

理解到這一點的洛琪希，肯定感受到一股難以言喻的解放感。

「要是菈菈就這樣長大，說不定會讓她和我有同樣想法。儘管我認為幸好自己至少有離開村子，但菈菈不一樣。因為沒有其他種族，能使用與米格路德族相同的能力。」

洛琪希說到這裡，突然別開視線。

但是，她說的或許沒錯。

米格路德族，鮮少離開這座村子。即使放眼魔大陸，我也幾乎沒見過類似米格路德族的種族。

儘管並不算排他性，但種族本身卻很封閉。將來，菈菈也有可能產生疏遠感。

「所以，我想過了。」

洛琪希依舊別開臉，這樣說道。

就像是對自己的想法沒有自信那般，面有難色。

「把菈菈，寄養在爸爸和媽媽這邊，如何？」

「……咦？」

「直到十歲或十五歲為止，等她成長到一定程度之前，先在米格路德族的村子，作為米格路德族生活是不是比較好？之後再讓她自己決定要離開村子，或者是留在村子生活是不是比較好，我是這樣想的。」

「……」

可以的話，不管是兒子還是女兒，我都希望能留在自己身邊。

因為我認為那是生下他們的人應盡的義務。我認為負起責任，也包含了這個層面的意義。

就算撇除人神那件事，我也希望菈菈在我看得見的地方長大。

可是，洛琪希是經過仔細考量後才這樣說的。

絕對不是想逃避義務，想放棄扶養孩子才說出這種話。

因為菈菈很痛苦。因為她不希望女兒遭到與自己相同的遭遇，所以才會這樣說。

生來就是藍色頭髮，擁有與別人不同交流手段的小孩。今後不可能會完全不遇上難受經歷。而理所當然的，父母並不能負擔孩子的辛酸。

「我反對……可是，如果洛琪希，認為這樣就好的話，那我……」

我說不出口。

無法抉擇。是要以自己的心情為優先，還是要以洛琪希的提案為優先？我不知道，只是噤口不語。

「對不起，魯迪。剛才的話當我沒說。請忘了吧。」

短暫的沉默之後，洛琪希這樣說道。

那天，這個話題就這樣劃下句點。

我與洛琪希攜手入睡。

★　★　★

米格路德族的村子。

這裡是恬靜的村子，聽不見交談聲音。因為村人彼此會以心電感應說話，這個村子沒有人在對話。

或者說，可能有孩子會向洛琪希打招呼，然而，洛琪希卻聽不見。

菈菈她聽得到嗎？在對面準備飯菜的人們之間的閒聊，在家中的愛情糾葛，其他諸如此類的喧囂。

「看到這毫無變化的景象，似乎就能清楚感受到自己這十年來有多麼豐富……正確來說，是人族的生活有多麼匆忙。」

洛琪希這樣說完，把視線投向自己抱著的女兒。

菈菈依舊以冷淡表情看著洛琪希。

這個村子，肯定再過十年也不會有變化。

或者，其實一直在變化，只是我們沒有察覺。

「那麼，路上小心。」

「你們其實可以再悠哉地待一陣子啊……」

洛因與洛嘉莉來到村子入口為我們送行。他們看起來很落寞。

「最後，能讓我再抱一次菈菈嗎？」

洛因這樣說完，便把手伸出。

長孫無論在哪個世界都很可愛。他們看起來也沒有打算再生洛琪希以外的小孩。

「當然可以，來。」

洛琪希把自己抱著的菈菈遞過去。

她打算遞過去。

「咦？」

可是，菈菈卻死命地抓著洛琪希的長袍領口。

我曾在哪看過這幕光景。

「好啦，菈菈，跟爺爺和奶奶道別吧。」

「……」

菈菈用雙手雙腳，像蟬一樣緊緊抓住洛琪希。

她維持這個姿勢，望向了我這邊。表情一如往常悶不吭聲，目中無人……

並不是。

她歪起嘴角、皺起眉頭，看起來泫然欲泣。那是在求救的表情。

「啊啊……哈哈哈。還是算了。」

洛因邊苦笑邊這樣說道，然後揮了揮手。

「她說不要和媽媽分開。」

「……！」

洛琪希一臉震驚地看著菈菈。

看到菈菈哭喪著一張臉，洛琪希的臉上轉眼間浮現不安神色。

「不要，我要一起……」

菈菈硬擠出聲音這樣說。

一直以來幾乎沒說過話的女兒……第一次主張自己的意見。

「……」

說不定，菈菈聽見了昨晚的對話。

就算沒聽見，也可能因為我們說了那種話，讓她夢見自己被留在這裡。

或許我們害她感到了無謂的不安。

「沒事的。」

洛琪希輕輕施力抱住菈菈。

她忍耐淚水湧出，同時抿緊嘴唇。

母女擺出完全相同的表情，洛琪希這樣說道：

「我們會一直在一起。」

說完這句話，菈菈擺出安心的表情，放鬆力道。

「洛琪希，妳下次什麼時候會回來？」

「我想想，等菈菈長大之後……我想過個十年就會再來一趟。」

「……這樣啊，我知道了。要保重身體啊。」

或許是不覺得十年時間很長，洛嘉莉輕描淡寫地這樣說道。

就這樣，我們離開了村子。

兩個人站在村子入口為我們送行，直到看不見我們的身影為止。

儘管關係僵硬，但幸好有來問候他們。

艾莉絲的父母，還有希露菲的父母都已經死去不在人世。洛琪希雖然與父母關係疏遠，但就算這樣，父母依然是父母。

在有生之年，希望能和他們永久相處下去。

「好啦，魯迪，又要開始忙了。」

「是。」

在那之前，先處理好眼前的事情吧。

一邊這樣心想，我們回到了利卡里斯鎮。

第十一話「第四人」

向各地的魔王打完招呼了。

他們似乎願意站在我們這邊，姑且也互相交換了契約書。

阿托菲的名號實在很方便。

目前為止可說是一帆風順。

事情很順利。甚至讓我覺得實在順利過頭，絲毫沒有任何動靜。

基斯沉默到令人不舒服，人神也完全沒有妨礙我的行動。

雖說我有事沒事就會回家查探狀況，但感覺也沒有對我家人動手的意思。

我也瀏覽過傭兵團收集來的各地情報，但也沒有任何會造成不安的動向。

也就代表我的行動與基斯的企圖無緣吧？

或者說基斯那封信是虛張聲勢，他其實另有企圖……之類？只是我不清楚他的目的是什麼。

不管怎麼樣，既然目前不清楚，我也只能朝著自己決定的方向前進。

目前也沒有收到發現基斯的報告。

他很巧妙地藏匿自己的行蹤。

老實說我有預感，在拜託奇希莉卡之前是找不到他的。

然而，要找到那個奇希莉卡也只是時間的問題。畢竟她已經逐漸在整個魔大陸遭到通緝。

我決定趁這段期間，找下一個人物套好交情。

劍之聖地。

劍神加爾．法利昂。

據奧爾斯帝德所說，他這個人的興趣是收集稀有寶劍，性情不錯的傢伙。然而根據艾莉絲的說法，他這個人並不會聽別人說話。

我以前也曾經和劍王妮娜．法利昂碰過面……

我想，那個人的感覺肯定和阿托菲很相像。根據到時的狀況，這次也有可能得派出一式靠硬實力進行交涉。

那麼，這次最好也以善戰的成員為主。

不過，那裡有許多人的級別等同於艾莉絲以及基列奴。想必不會像阿托菲親衛隊那樣，看到老大任人宰割卻只是袖手旁觀。

會有大量的劍士（而且還是劍聖級）一齊蜂擁而上……

一旦這樣想，就覺得心情沉重。胃好像要痛起來。

總之就找艾莉絲……另外還要再帶誰過去呢？

對愛麗兒提出無理要求，帶基列奴過去之類……

「老公！你不快點吃我就沒辦法收盤子了！」

「喔喔，對不起。我吃就是，啊姆啊姆。」

正在胡思亂想的我，現在正在自己家，與妻子吃飯。

「記得青椒也別剩下喔！」

「咦咦？青椒也要嗎？我不喜歡吃青椒啦。」

「不可以剩下青椒不吃！大人就算是不好吃的東西也要忍耐吞下去！」

妻子還很小，才五歲。

這個家沒有天花板，餐具是以石頭製成，裡面放著泥巴丸子與泥水。之所以會這樣，肯定是因為我賺的錢不夠，害她得吃苦。

「叭噗——」

「哎呀，諾倫真是的，剛剛才餵過奶，這麼快就肚子餓啦？真拿妳沒辦法——」

而這樣的我們，有個十五歲的女兒。

已經快十六歲了。今年就會從魔法大學畢業，所以好像要舉辦某個活動，目前正忙得不可開交，不過好像還很懷念媽媽的母奶。

「耶～媽媽，謝謝妳～」

「不行！小孩子只能說嬰語！」

「啊……好。叭噗——」

女兒似乎還不太會說話。畢竟是還沒斷奶的兒童，這也無可厚非。

「汪汪！」

「真是的，愛夏也肚子餓了嗎？真拿妳沒辦法，來，吃飯吧，要對大家保密喔！」

寵物也已經十五歲了。

最近是個能兼顧家事與傭兵團工作的職業婦女。然而，終究是狗，看樣子無法抵抗食慾的誘惑。

「汪呼——！」

「等吃飽飽以後，再和諾倫陪妳一起玩！」

「汪呼汪呼，汪嗚──」

「叭噗──……！」

「討厭，好癢喔！」

寵物猶如發情期那般興奮，同時抱住了妻子與女兒，來回狂舔臉頰。

看起來實在溫馨。我也一起玩吧。

「耶～爸爸也要爸爸也要～」

「不行！爸爸不會做那種事！」

遭到妻子拒絕。這就是所謂的家庭內差別待遇嗎？

表面上看起來和樂融融，但夫妻的感情卻降到了冰點嗎？冷淡無比的夫妻生活，這就是倦怠期嗎？

話說，為什麼我不是寵物啊？

我也想又抱又舔的啊……

「嗚嗚，爸爸被嫌棄了……」

「不是的！因為爸爸是很了不起的人，就算很少回家，也不會去抱小嬰兒，但我還是很愛你的！這也是沒辦法的！」

就算沒出息也沒關係，我想要在身邊守望自己的孩子。就算不是沒辦法也不要緊，我想要抱抱嬰兒。因為愛情就是溫暖。因為溫暖，所以才會幸福。

「呃，魯迪……可以來一下嗎？」

聲音突然從後面傳出。

我回頭望去，從隔壁家的窗戶探頭的是婆婆……呃，差不多玩夠了。

「好。」

我打算挺起身子，衣襬卻被揪住。

露西露出不安表情，抬頭看著我。

「爸爸，你要去工作了嗎？」

回頭想想，大約一個小時前。我正在煩惱要帶誰去劍之聖地，要不然乾脆請奧爾斯帝德社長出馬之類。再來就是應該要交涉，還是打從一開始就氣勢洶洶地過去……

事情的開端是當我正在煩惱時，諾倫帶著露西出現的時候。

露西藏在諾倫身後，同時忸忸怩怩地說：「那個……爸爸，陪我玩好嗎？」

我當然是二話不說就答應了。

劍之聖地的加爾·法利昂？那種小事怎麼樣都無所謂。

「不是，我只是稍微跟媽媽講個話而已。」

「……不要。」

「我馬上就回來了。在那之前，先讓姊姊們陪妳玩吧。」

「……嗯。」

抿緊嘴唇低著頭的露西。所謂的依依不捨就是指這麼一回事吧。

可以的話，我想陪她玩一整天。想要當露西的老公。但是，既然真正的妻子在叫我，自然得過去。

「喔，怎麼了嗎，希露菲？」

我洗好手後回到客廳，在坐在沙發上的希露菲身旁坐下。

「嗯。那個……最近，魯迪，很忙對吧？所以，雖然不太好意思催促你，但我認為必須先問過你的意見……」

希露菲一邊搔著臉頰，同時一臉難以啟齒地低著頭。

怎麼了嗎？居然會賣關子。

「我記得，你應該，馬上就要過去劍之聖地一趟對吧？」

「嗯，要看準備狀況如何，大約再兩到三天……」

再來，只剩選出成員。

艾莉絲還有另一個人。希望能帶一個能和劍神流成員溝通的傢伙。

啊啊對了，愛麗兒那邊還有伊佐露緹。我記得那個人好像曾在劍之聖地修行，帶她去或許也是個方法。

「你大概要去多久？」

「我不知道，但應該有十到三十天吧。畢竟我還得去那附近露個臉。」

劍之聖地附近，據說還有知名的劍術家，以及修行中的鍛造工匠。

我打算去認識一下那些人。

「這樣啊……嗯，那麼，果然來不及趕回來呢。」

「……什麼來不及？」

「孩子出生。」

聽到這句話，我望向希露菲的腹部。

高挺的肚子、稍微脹大的胸部。與苗條的希露菲不太相稱的身形變化。

「啊……已經到了這個時期啦。」

不對，我當然沒有忘記。

我心中隨時隨地都有希露菲的一席之地。只是稍微不太清楚預產日期，這樣啊，已經到這個時候……時間過得實在很快啊。

「……你摸看看肚子吧？」

我依言摸了一下。

我摸的明明是肚子，卻從深處感受到生命的鼓動。會讓人想到有兩顆心臟，總覺得很不可思議。

不對，現在的希露菲確實擁有兩條命。

而且，那個生命，正打算要與希露菲分開，獨立出來。

「露西他們的弟弟或是妹妹，就快要出生了喔。」

希露菲把手疊在我撫摸肚子的手上。

「這次要生的時候，魯迪不會在家吧？」

「不，我會待在家裡。」

「可是……魯迪。」

「我會在的。」

聽到就快出生，我不可能說聲「那拜託妳了」就離開家門。

要是做出那種事，我真的會不知道自己到底是為了什麼而做現在這些事。

「……謝謝你，魯迪。我最愛你了。」

「我也愛你。」

希露菲閉上雙眼，我把手繞過肩膀將她擁入懷裡。

啊啊，好幸福……

「啊，然後啊。孩子出生之前，我希望你先告訴我名字。因為你明明在去米里斯之前說會事先想好，卻一直沒有告訴我。」

我跪在地板上正襟危坐。

★
★
★

如此這般，我決定暫時待在家裡。

並不是沒有想過必須盡快把事情辦好。

但比起那個，我更覺得不安。我跪在地上，低著頭的同時，老實告訴希露菲其實我沒想過名字，那個時候希露菲既沒有動怒，也沒有鬧彆扭。

她鐵青著一張臉，啞口無言。

只是擺出了一種像是被某個相信的事物背叛的表情。

雖說那副表情也立刻消失，她說：「真是的，那你至少現在開始想啦。」……

但那是失望的表情。

我在看到那張臉後立刻浮出一句話……她對我厭煩了。

是啊，肯定是如此。

希露菲在這半年來肯定一直相信著我。就算身在遠方，也滿心期待自己的孩子出生，生下來後要一起帶著歡笑慶祝。

當然，我也是這樣打算。

是這樣打算的。

雖說沒有以行動來表示，但至少在腦裡是這樣想的。
「爸爸，怎麼了嗎？肚子痛嗎？」
「沒有，只是我做了讓媽媽心痛的事。」
「那你必須道歉才可以呢。」
對著煩惱的我，露西這樣提出建議。簡單且正確的建議。
但是，我認為希露菲想要的並不是我的道歉。
她想要的，並非是表面上的賠罪。不是那種顯而易見的形式。
是更加籠統的……沒錯，是安心感。
「露西，我覺得媽媽現在應該是認為，就算我跟她說對不起，也只是會讓她心痛。」
「可是，爸爸不會再弄痛媽媽了吧？」
「不會，我是這樣想的。」
「那媽媽也會原諒你的！」
希露菲應該也是打從一開始就對這種事心知肚明。
我經常沒辦法待在家，有時候也會像這樣把事情忘得一乾二淨。
就算她明白，但心情上另當別論。
她從以前就一點一點地在忍耐。
明明懷了孩子，我卻啟程前往保羅身邊，和洛琪希結婚時也是，和艾莉絲結婚時也是，每次每次她都沒有爆發，而是願意體諒我。

她讓我可以為所欲為。

我想她這次也忍了下來。聽到我沒想過名字，努力地把想說的話忍了下來。我想，她今後肯定也會一直忍耐下去。讓她去忍受這些事情的人，是我。

現在還好。

可是，忍耐是有限度的。如同水會從杯子滿出，人的容忍也有極限存在。到時，希露菲可能會從我眼前消失不見。

如同未來的我在日記上寫的，忽然就不見蹤影。

我不想這樣。我到死之前都想和她在一起，希望彼此都想要對方陪在身邊。

那只是我單純的一廂情願。

就算最後會被希露菲討厭，起碼我現在想帶給她安心感。

該怎麼辦才好……

當我為了這件事情左思右想煩惱不已的時候，預產日已經到來。

僅僅是一週左右的事情。希露菲也過得彷彿什麼事都沒發生一樣。

實際上，什麼事都沒有，或許她是這樣想的。

我認為她並不是會對同一件事情一直鑽牛角尖的人。

搞不好，前陣子那件事她雖然覺得很失落，但或許並沒有看得那麼重。
我的表現應該也沒有那麼生硬。
我盡可能地陪在希露菲身邊，同時拚命思考孩子的名字。將想得到的名字寫在筆記本上，再和希露菲一起商量哪個比較好？。
或者，以其他人的立場來看，我只是在強調自己很認真在思考，但以我來說，是真的很認真在這樣做。
此時，陣痛後開始準備生小孩。
艾莉絲以理所當然的表情跑去找醫生，莉莉雅與愛夏做好接生準備，洛琪希則是作為輔助的治癒術師待在旁邊，雷歐將孩子們帶到其他房間，而我，一直陪在希露菲身邊。
過了一會兒，艾莉絲帶著醫生出現了。
被她扛在腋下的醫生，儘管眼冒金星，立刻也著手進行接生準備。
每個人都很熟練。
畢竟希露菲已經是第二胎，這胎對我甚至是第四人。以在旁見證的次數來說，要是包含愛夏與諾倫那時在內是第五人。若連前世也算，會再稍微多一些。
醫生也是老手，在場沒有人是菜鳥。
陣容令人安心。
在這樣的布陣當中，分娩開始。

沒有任何人驚慌，冷靜且流場地……

「唔。」

當醫生看到嬰兒的頭，突然沉吟一聲。

一瞬間安心感消散，不安情緒流竄全身。

雖說很熟練，但生孩子依舊是特殊狀況。不該掉以輕心。

是難產嗎？不對，既然有看到頭應該不是……該不會是死產吧？

洛琪希挺起身子，架起魔杖。

「要用治癒魔術嗎？」

「不，沒那個必要。」

醫生這樣說完，繼續分娩。

希露菲只發出必要的呻吟，接生過程順利進行。

看起來不像出了什麼問題。

「……啊——啊——」

在慌忙卻寂靜的房間中，響起了嬰兒的叫聲。是很有精神的哭聲。不是死胎。

醫生不發一語地接生嬰兒。

看起來沒有任何問題。實際上，我認為確實如此。

可是，醫生的表情卻依舊僵硬。

我知道他表情僵硬的理由了。

看到嬰兒第一眼時，我就明白了。

醫生會沉吟的理由。現在表情依舊僵硬的理由。

儘管我認為實際看來沒有任何問題，但他卻有這種反應的理由。

問題在於嬰兒的頭髮。

露西出生時，頭髮有稍微長出一些，是明亮的褐色。

菈菈出生時，沒有頭髮。

亞爾斯出生時，儘管我沒在身邊，但看到時是紅色的。

「……」

希露菲的第二胎。

那嬰兒的頭髮……是綠色。

沒錯，就和以前的希露菲相同。

「怎麼會……」

希露菲的臉色變得鐵青。

「啊……啊……騙人……」

不管是洛琪希、艾莉絲、愛夏以及莉莉雅，臉上表情都很普通。她們擺出不知道希露菲為什麼露出那種表情的臉。

在我們家，對於小孩頭髮五顏六色早已習以為常。而且在場的人都與瑞傑路德有緣。看到綠色頭髮，沒有人會因此說三道四。

但是，希露菲——

她……

不一樣。

「……恭喜妳。是個男孩子。」

「……」

醫生將小孩遞給以絕望表情看著嬰兒的希露菲，儘管她抱在胸前，但就像是在表示不知道該如何好那般，視線游移不定。

「希露菲。」

我必須恭喜她。

沒有不恭喜她的理由。必須要慰勞希露菲，恭喜她才行。在那之後，還得跟她說不要緊。

為了帶給她安心感。

我要盡可能擺出笑臉。

「不要緊，不要緊的，謝謝妳。」

「……魯迪……對不起。」

在我要說什麼之前，希露菲這樣說道。

「不需要道歉，所以——哎呀。」
我話說到一半，她就像是電池沒電那般渾身脫力。我慌張地抱住差點滑下來的嬰兒。
「咦？」
「魯迪！請你讓開！」
洛琪希與醫生將我推開移動到我前面。
希露菲失去了意識。
兩個人檢查那樣的她出了什麼狀況。我只能愣在一旁看著。
「只是昏迷而已。」
聽到醫生這句話，房內的氛圍頓時輕鬆了些。
我抱著赤裸的嬰兒，愣愣地站在原地。只是僵在那裡不動。
愛夏拿著布走了過來。
「哥哥，來，襁褓。」
「喔……喔喔。」
我依愛夏吩咐，打算收下那塊布。
希露菲很不安。她被一種不明究理的不安所支配。
而她的不安預感應驗，孩子的頭髮是綠色。
之所以會昏過去，或許是因為緊張的心情突然鬆懈，再不然就是壓力到達極限……

要是我能帶給她更多安心感，結果應該就不一樣了吧……就算髮色是綠的，我也認為不要緊啊。

後悔莫及。

但是，我內心依舊想祝福她。

確實，髮色是綠的，但是也沒什麼大不了。和往常一樣。

第四個小孩的名字我已經想好了。

「……你為什麼在這裡？」

突然，待在房間角落的艾莉絲說出了這句話。

是對我說的。對沒出息的我，艾莉絲說出尖酸刻薄的話……我是這樣想的。

我感受到胃有難以言喻的抽痛襲來，同時轉頭望去。

「咦？」

但並不是這樣。她並不是對我說的。

房間裡有奇怪的傢伙。

金髮。穿著正面扣住，類似白色學生服的服裝、褲子，以及大概是參考狐狸的黃色面具。

「阿爾曼菲……？」

甲龍王佩爾基烏斯底下的十二精靈之一，光輝的阿爾曼菲，就站在那裡。

然後，他目不轉睛地望向我這邊。

正確來說，是嬰兒。

他盯著有一頭綠髮的嬰兒。

「魯迪烏斯．格雷拉特，來空中要塞一趟。佩爾基烏斯大人有事召見。」

然後，說佩爾基烏斯要找我。

閒話「猴子與作夢的年輕人」

★基斯觀點★

我待在白色房間。

只有白色地板無限延伸，空無一物的空間。

我喜歡這個空間。可以讓我想起很久以前，自己連什麼都不是，充滿著夢想與希望，年輕、幼小，而且還是個笨蛋的時候。

我出生於魔大陸南方的小村落，或許是因為成長過程無憂無慮，自我意識過剩，認為這種村子配不上自己，自己能完成更大的豐功偉業。我這樣誇下豪語離開村莊，到頭來，要說達成了什麼遠大的目標，其實根本什麼也沒辦到。

要說我後來學會了什麼，也都是任誰都能辦到的事。

料理、洗衣服還有打掃……雖說是能畫畫地圖、跟對方交涉、解除陷阱之類，但要是被人問到是不是比專精該項領域的人更為出色，我也只能含糊帶過。

假設打架很厲害，我也會更有自信，但可惜的是我對搏鬥一竅不通。

只是跟著厲害傢伙及了不起的人物，彌補他們不擅長分野的存在。

我的人生非常適合跟屁蟲這個詞，老是在耍小聰明，耍嘴皮子。

那樣的笨蛋現在仍然活著。能令我實際感受到這點的，就是這個房間。

話雖如此，我不會就這樣結束。

我也想完成可以讓自身接受的偉大事蹟。

「嗯嗯。沒錯，不能就這樣結束。我很～了解你的心情。」

我望向聲音傳來的方向，看到一個模糊不清得很不自然的傢伙。

是人神。

一如往常，沒有存在感到很不自然，就像是「原來你在啊」。

可是，打從以前開始，從我在那寒酸的村子虛度光陰的那時開始，祂就會像這樣出現在夢裡給我建議。也是值得感謝的神——人神大爺。

「所以，雖然我很不好意思在你陶醉地沉浸在感傷的時候打擾，但也差不多該跟我說明了吧？」

說明？說明什麼？

「我很生氣。你要是再繼續裝糊塗，後果可是會很嚴重喔？」

喂喂，犯不著那麼生氣吧。要是你不講要說明什麼，我哪會知道。

「為什麼你在米里斯要寫那封信給魯迪烏斯？不是說好這次只要確認魯迪烏斯會用什麼樣的戰法戰鬥嗎？」

啊——是那件事啊……

確實，我留下了一封信。

甚至可以知道我是使徒，類似與他宣戰的信。

說是這樣說，但很難用嘴巴說明啊。

「就算很難你也得說明。根據你所說的答案，我或許必須對你下達天譴。」

哈哈，天譴啊。之前我曾挨過一次，但我現在能失去的東西可沒比當時多啊。

好吧，算了。我就說明吧。

我自己在最近也有好好想過為什麼會做出那種事，已經準備好答案了。

「這個心態值得嘉許。」

可不是嗎？

「好了，快點說吧。」

ＯＫ。首先呢，照當時的狀況，我非常肯定他會發現我就是使徒。

用道理很難說明清楚，不過我一直以來都用謊言與欺瞞維持自己的人生。所以一旦有什麼事情快要曝光，我會沒由來地察覺到這點。不會馬上就被發現。但我大概可以知道這個謊言即將被拆穿。

那麼，自然是快點表明再逃之夭夭，來得更安全安心……對吧？總比要被拆穿的瞬間還待在前輩附近好吧。

「哦……」

話雖如此，這以理由來說排在第二。

「第二？那第一理由是什麼？」

說穿了，就是了斷。

也可以把它講成覺悟。

到頭來，就算我嘴上講得天花亂墜，骨子裡還是很膽小。一旦與前輩認真交手，我想自己到時肯定會嚇得腿軟。會用某種方式，為自己留下逃避的方法。雖然作戰失敗，但我是使徒的事情沒有曝光，既然沒有曝光，自然可以矇混過關。要是居於劣勢，要是到了緊要關頭，再倒戈到前輩那邊就行了。

可是像這樣躲躲藏藏，就連原本能贏的也贏不了。不是嗎？我認為這樣想沒錯。不巧的是我對武術一竅不通。但是一直以來，我已經看過好幾次做好覺悟的傢伙所踏出的重重一步。像保羅與基列奴，有時就連艾莉娜麗潔也是如此。

只要像那樣用力踏出一步，就能讓原本贏不了的對手受到致命傷。是決定輸贏的手段。

要是畏懼死亡而裹足不前，就辦不到這種事。要下定決心衝進對手懷裡，才能使出必殺的一擊。打倒強敵。我認為是這樣的道理。

所以，我也想把自己逼到那樣的絕境。

「哦。所以你才特地留下那封信嗎？」

就是這麼回事。

「雖然有點難以理解……不過算了。比起那個，以我個人來說，我擔心的反而認為你就算下定決心，大局也不會那麼輕易改變。」

喂喂喂，還真敢說啊。

我贏不了啦──快救救我──當初哭著求我的人不知道是誰來著啊？

「就是因為這樣想，所以我才會謹慎行事，賭在你身上。」

是啊，而我正照著祢的期待，陸續聚集到能殺死魯迪烏斯及奧爾斯帝德的人才。

我可是拿出了真本事。效果當然會很驚人啦。

「也對。目前為止，拉攏的成功率是一〇〇％。不過，說理所當然也是應該的。因為我把他們的弱點及生平，想要的東西，還有容易搭話的時機等等，都全部告訴你了。」

是沒錯啦。這樣講會讓我無地自容啊……

不管怎麼樣，實際上耍嘴皮子的人是我。這部分希望祢能相信我。

「當然，我很信任你。不過，時間並不是無限。」

嗯，我知道。要執行那個作戰，日期是很重要的對吧？

「嗯。他是魯迪烏斯的阿基里斯腱，自然要好好利用一番。肯定會很順利的。」

這可就難說嘍。因為並不存在絕對會順利進行的作戰。

「我知道啦。自奧爾斯帝德開始扯上關係，事情就老是沒辦法如意。真令人生厭。」

總之，在那之前得先拉攏事先就已經相中的對象才行。

尤其是下一個傢伙，是大人物。

與一開始搭話的那傢伙同級，搞不好還在他之上。

「你覺得會順利嗎？」

不要緊的，準備好戰鬥的理由、蒐集起來、煽動對方，然後在背地裡幹些摸摸偷偷的小勾當，三兩下就能拉攏到令人安心的伙伴。

一直以來都是這樣吧？

「嗯嗯，你真的幫了很大的忙。」

嘿，你平常就該老實說些這種好話。

所以，我明天開始該往哪裡移動才好？麻煩你可得說仔細點啊。

「我知道。今天起床後你要立刻往正西方向移動，在岩石後面等待。在那睡個覺也行。接下來在日落的同時再次往正西方向移動，在月亮升起時就會抵達村子。再來你就去那座村子裡面唯一一座酒館。這樣一來應該就能遇到他……遇到他……」

留下了這樣的回音，同時意識也逐漸消失。

★★★

醒來了。

我挺起身子，折響脖子，確認身體狀況。

手腳沒有麻痺，也沒有拉肚子，皮膚也沒有起奇怪的疹子。儘管肚子餓了，但整體來說很健康。好。

「呼啊——」

我走到帳篷外，在打呵欠的同時伸了個懶腰。讓腰間喀喀作響，眺望日出。

健康管理以及確認方位。是我一直以來的例行公事。

沒有先做這個，就什麼也沒辦法開始。

「那麼……」

呈現在視野前方的，是一望無際的沙漠。

貝卡利特大陸。

僅次於魔大陸，全世界第二危險的大陸。

出現的魔物凶惡程度與魔大陸相較毫不遜色，環境也很嚴苛。

就算是魔大陸出身的我，這個場所也會讓我想說「到底是哪裡像第二了？」。

不，理由我當然知道。

比方魔物密度，以及東部與北部意外安全之類，由於這類要素，讓人有了貝卡利特大陸比魔大陸還平易近人的錯覺。

因為魔大陸不管劃分哪個區域都是危險場所，根本就沒有安全的地方。

不過，不管是貝卡利特大陸還是魔大陸，只要有心生活，顯然也不是沒辦法居住。

「好啦，走吧。」

我整理好行囊，開始向西方移動。

空無一物的沙漠。

可是，看起來什麼都沒有的只有外觀。在沙子底下，有可以將我一口吞下的沙蟲，還有能以尾巴的毒慢慢融解我的毒蠍正在蠢蠢欲動。

不僅如此，甚至還有捕食這些傢伙，更為凶惡的魔物。要將那些傢伙全部打倒殺出重圍，想必需要A級以上冒險者的實力。

再不然，就是擁有關於這一帶魔物的知識。

魔物的習性五花八門。鞏固勢力範圍的傢伙、製作巢穴的傢伙、為了尋找獵物而四處徘徊的傢伙、依靠眼睛的傢伙、依靠耳朵的傢伙……只要知道這類習性，要迴避魔物前進雖然很難，但也並非不可能。

問題在於，以人類的能力，實在很難勝過魔物敏銳的直覺。

仰賴眼睛的魔物可以一瞬間就看破不成熟的偽裝；仰賴耳朵的魔物連一點聲響也不會錯過；製作巢穴埋伏的魔物絕對不會讓敵人發現自己的位置；為了尋找獵物而四處徘徊的魔物，擁有連續好幾天追趕獵物的體力。

不過，對於剛才提到的所有敵人，都有方法逐一對應，就是人類的厲害之處。

更何況，我還有人神的加護。

不被魔物發現，往正西方向移動，對我來說並非什麼難事。

不，大意可不行。

「因為我並沒有厲害到有辦法大意，隨時都要慎重行動才行，對吧？」

我一邊自言自語，一邊專注地朝正西方向走去。

雖然也曾想過要先買個馬或是駱駝之類，但聽說用交通工具會被魔物發現，所以這次一直是以徒步移動。

「……」

嘴巴裡面很乾，我就像是在舔水筒那般喝水，稍微補給水分。

我之所以認為貝卡利特大陸比魔大陸還要苛刻，最大的原因就是這個氣候。

在魔大陸，雖然氣溫會根據地區而不同，但基本上不會太熱也不會太冷。也不會像北方大地一樣，積著一層厚重的雪。

炎熱與寒冷會侵蝕身體，導致判斷遲鈍。

我偶爾會觸摸自己的額頭及脖頸，確認身體是否有異狀。要是變得奇燙無比，就是異常訊號。

目前雖然不打緊，但要是就這樣繼續走下去，到最後身體狀況就會出毛病。

魔族有強健體魄。就算是像我這種傢伙，也比人族好上一些。

不過，以為這樣就不會死的，只有無可救藥的笨蛋。

因為就是這樣吧？根據傳說，就連不死的涅克羅斯也死了。

不死之身根本就不存在。

「哦，到了嗎？」

當我在胡思亂想的期間，看見了巨石。高度看起來約有二十公尺。需要抬頭仰望的巨大岩石，孤零零地佇立在沙漠。

照人神的建議，那裡就是休息場所。

傷腦筋，實在很簡單。都讓我想笑了。

我在巨石後面暫時無所事事待了一會兒。

像這種時候，愈年輕的傢伙就愈會想說得做些什麼而行動，但偶爾不動也是很重要的。這也是為了別消耗體力。

在巨石後面，是砂輝血的叢生地。

有著看起來與砂子同化的淺黃色鋸齒狀樹葉，是紅色的花。

乍看之下，就像是在某處的王宮花壇也會栽種的惹人憐愛花朵，在此大量盛開。

但是，只要知道砂輝血的真面目，評價就會完全改變。

將會理解到這裡是多麼恐怖的地方。

這種花在莖與葉子部分有刺，會從刺噴出猛毒。

而且是連解毒魔術也不管用的猛毒。

這就是在某處的王宮，想確實殺害王族時使用的毒素，是稀有物品。

只要把帶一株這玩意兒回去，就可以暫時過著游手好閒的生活。

不管怎麼樣，也多虧這個，魔物才不敢靠近這裡。

我一邊注意別碰到砂輝血一邊搭好帳篷，然後躺下來休息。

這時間很奇妙。

明明必須做什麼，卻什麼也不能做。

平常的話，我至少會裝一兩個無聊的小道具帶來，但不巧的是行李是最小限度。只帶了生存所需的物品。

像這種時候，其他傢伙會做什麼？

有學問的傢伙會看書嗎？

我以前會做什麼來著……妄想嗎？妄想自己成為冒險者後的故事。

嘿，要是跟當時的我講現在的狀況，他的眼神肯定會閃閃發光。

在貝卡利特大陸，聽從神的建議前往沙漠，在被毒草包圍的安全場所入睡。

哦哦，條列出來，感覺還挺有意思的嘛。

下次到酒館找人吹噓一番吧。

「嗯？」

我不經意地看向旁邊，一隻砂兔就在我附近。

不知道是因為兔子沒發現我，還是因為與這一帶的魔物相比，我沒有讓牠畏懼的價值，牠以輕快步伐走著，伸個懶腰之後，開始咬下砂輝血的果實。

砂輝血的果實是猛毒。

然而，砂兔卻像是沒有任何事情發生那般咬下果實，大口大口地咀嚼含住，然後，一直到頰囊塞得滿滿，才跑向別的地方。

看樣子，砂輝血的毒對那個兔子無效。

既然這樣，只要捉到那隻兔子，帶去米里斯神聖國，拿到的就不是一筆小錢，而是一筆鉅款。

不對，因為我是魔族，八成會吃閉門羹吧。

不管怎麼樣，我一邊想著這個世界還有許多事情是我所不知的，同時無所事事地度過這段時間。

★★★

我在日落的同時開始移動，大約走了三個小時才抵達村莊。

我沿途上才理解，為什麼人神不叫我在白天趕路。

路上死了一隻很大的蜥蜴。

不對，「很大的蜥蜴」這種講法很失禮。

死掉的是龍。

黃長龍（Yellow Nāga）。棲息在貝卡利特大陸的龍，平常會在地底的空洞生活。

可以在砂中自由自在移動，主要是捕食靠近地表的沙蟲維生。

正確來說，與其說是龍，這種魔物好像更接近蟲，不過，危險程度屬於龍級，在這一帶的戰士之間普遍都認為是龍。

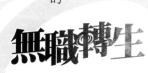

大小是可以同時吃下三個我的巨頭，以及約為一百公尺的軀體。

那種傢伙在沙漠的正中央，像是被什麼踩過似的，被壓得稀巴爛而死。身體也只剩下一半，被隨便吃得亂七八糟。

我根本不敢去想像這傢伙究竟遇上了什麼魔物。

在與黃長龍步上同樣後塵之前，我立刻離開了該處。

村子有個記號。就算從遠處觀看，也可以發現隱約閃著蒼白光芒的岩石。

雖說我覺得有那種東西反而會讓魔物聚集……算了，對他們來說是必要的吧。

我抵達的村子實在很小。

搞不好就算說是聚落也不為過。

以土製房屋還有帳篷組合而成，隨時消失都不奇怪的村子。

旅社一間，酒館也是一間，商店也是一間。當然，冒險者公會連個影子也沒有。他們過著自給自足的生活，再向偶爾出現的商人販賣這一帶才能取得的物品，並購入需要的東西。

我想，就連我的故鄉也沒有小成這樣。

不對，其實很相像。

我一邊這樣心想，同時來到了酒館。雖說是酒館，似乎還兼任村民的餐廳，結束晚上工作的人，一臉開心地在這裡喝酒。

淺黑色肌膚、健壯的身體、腰間插著陌生的彎刀。是一群沙漠戰士。

有許多高齡人士，年輕人倒是沒幾個。意思是……原來如此，這就是傳說中的沙漠戰士之村嗎？沙漠戰士會到貝卡利特大陸的各地工作，一旦過了戰士的全盛期就會回到村子，專心養育小孩。

他們看到我後，同樣露出詫異表情。

也對，畢竟這一帶出現魔族是很罕見。

「歡迎光臨，客人……我說得對嗎？」

一個男人以發紅的臉這樣詢問。

「嗯，當然是客人。」

我用鬥神語回答，同時揮了揮手讓他確認手掌。雖然不知道在這個村子這樣的手勢代表著什麼意思，不過，要表示自己沒有敵意並非那麼困難。因為我甚至沒攜帶武器。

「你看起來並不像商人啊？」

「我正在找人。不過那傢伙好像不住在這一帶……」

說完這句話後，男子便「啊」了一聲，擺出心領神會的表情點頭。

「你找的男人在高臺。」

男子指向窗戶外面。

那裡，有與我剛才用來休息的巨石類似的石頭豎在該處。

或許是因為巨石上頭到處埋著魔石，整體看起來微微發著亮光，是我來時看到的那個。

我定睛凝神仔細一看，發現那裡架著踏腳處，梯子看起來延伸到天際。

所以是監視臺兼燈塔的作用吧。

「知道了。謝啦。」

我向男人道謝，將一枚銅幣作為情報費扔給他。

「這是什麼？」

「是情報費。你不知道嗎？」

「不過是一點情報，我沒有理由收錢。」

「那麼，就當作友好的證明。很稀奇吧？那可是米里斯銅幣喔。」

我說完這句話，男子暫時盯著我一陣子，不久便將銅幣收入懷裡，將拳頭合在一起道謝。

為什麼我不用這一帶的錢而是給他米里斯銅幣？

那當然是因為轉移魔法陣離這裡非常近，沒有時間去換錢啊。

我離開酒館，心不在焉地走向隱約發亮的巨石。

靠近一看，發現果然很大。

儘管有梯子和踏腳處，但岩石實在太大，感覺很不牢靠。感覺在爬的途中就會倒塌。

「我真的得爬這個嗎？」

沒有人回答我的疑問。算了，意思是我要乖乖爬上去吧。

★　★　★

我的不安沒有應驗，梯子很堅固，也沒有風。

昏暗是唯一的缺點，但也沒有腳滑的問題，我成功地登上了巨石的頂峰。

岩石平臺上面，插著好幾把綁著紅色碎布的短劍。

地面上有類似魔法陣那種，描繪某種呪術花紋的東西。

我曾看過這玩意兒。

雖然是我的猜測，但這裡恐怕是為了讓村子的年輕人能獨當一面，用來舉辦儀式的場所。

或者說，要把附有死去的人衣物的短劍刺在這裡之類。我們那邊也有那種儀式。只是我從沒做過。

我不經意地抬起視線。

「景色不錯嘛。」

滿天星斗。

明月皎潔，將沙漠映照為藍色。可以看到星空一直延續到地平線的盡頭。

真是諷刺。

我之所以想成為冒險者，是因為想看到這樣的景色。

因為我想在永無止盡的冒險終點，見識還沒看過的景緻。

明明是這樣，當上冒險者後看到的卻盡是一堆現實。

金錢、歧視、人際關係。

無論哪個都同樣汙穢不堪。

然後，我才一腳脫離冒險者身分，當上人神的小弟，卻立刻看到了這樣的風景。可不諷刺嗎？

「那麼，你呢？應該不是為了看這幕景色才待在這裡吧？」

我向待在岩石平臺上的另一個物體搭話。

那傢伙將好幾件猶如破布的長袍披在身上，坐在那裡。

儘管看起來很像破布的聚集體，不過，八成是人類。

要是這真的只是一團破布就太蠢了，不過，其實那樣也無所謂。向一塊破布搭話，也沒什麼損失。

「……如果我說，就是那麼一回事呢？」

是年輕男子的聲音。太好了。看來並不是單純的破布。

「既然你這樣說，那我也只能回：『我以為像你這樣的男人，對景色根本沒興趣』。」

「若我說不是呢？」

「我就會問：『那你為什麼待在這種地方？』。」

「可是，我不一定會回答你。對吧？」

「沒錯。」

所以那又怎麼樣……

這股莫名飄然的感覺，很顯然的，這個男人就是我在找的對象。
「其實，我在找貝卡利特大陸的霸主。」
到頭來還是願意回答啊。
「那個霸主在貝卡利特大陸來回打轉，不知道平常會待在哪裡。不過聽說每幾百年會有一次，出現在這座高台附近。」
「……」
「而那幾百年一次的機會，就在今天是嗎？」
男子緩緩把身子朝向這邊。
是個年輕男人，還留有些許稚氣的黑髮少年。他的表情就像是在表示我說的沒錯。
「不，其實並不是那樣。」
居然不是啊。
「基本上，那只不過是傳說而已。就連所謂的霸主是否真的存在也不得而知。」
「那麼，你為什麼要坐在這種地方？」
「因為或許就是今天。」
危險的傢伙就是在指這種人吧。
「至少霸主在幾百年前曾經經過這裡一次。從那之後過了幾百年，一直到今天為止，恐怕都沒經過。那麼，不就有可能會是今天嗎？既然昨天和前天都沒經過，那麼幾百年後，指的或許就是今天。對吧？」

「……說得沒錯。」

眼神很認真。

這傢伙是來真的，他深信霸主搞不好明天就會經過這塊巨石前面。

要補充說明的話，這傢伙對霸主有關的情報，恐怕只獲得了那個「幾百年會有一次在這座高臺附近出現」而已吧。

他恐怕只依靠那個情報，孤身一人來到了如此窮鄉僻壤的場所，在這塊巨石上坐了好幾天吧。

實在瘋狂。

「不過，你為什麼要狩獵霸主？難道父母被他殺了嗎？」

「嗯，算是吧。」

「少騙人了。」

「哈哈，居然說我騙人啊，哈哈哈，不過，確實是騙人的。」

不知道哪裡有趣，男子嘻嘻地笑了。

不對，以這傢伙的立場來看或許很有趣。

別人詢問要挑戰敵人的理由，回答說是為了報仇，但卻被看穿這是謊言。

順便說一下，我知道這傢伙的親人還健康活著。雖說母親已經死了，但父親可是再有精神不過。可能連祖母也是活力旺盛。

再進一步說明的話，其實我知道更多事情。

像是這傢伙何時能見到霸主，為什麼想殺了霸主，殺了霸主之後想做什麼，在那之後，這傢伙又會怎麼樣，諸如此類的事情我全都一清二楚。

但是，我不打算炫耀這點。

要是說出口，這傢伙肯定會失去興致。他就是這種人。

所以，得先讓這傢伙親口告訴我。像這傢伙這種類型的，首先得跟他交談，讓他感覺舒服才行。

「所以，是為什麼？」

「嗯。你曾經想過要超越偉大的人嗎？」

「嗯，想過幾次。」

「我希望自己總有一天超越偉大的人物，成為前無古人，後無來者的英雄。」

「要成為那個未來的超級英雄所需的儀式，就是在這種偏僻地方狩獵霸主嗎？」

「並不是那樣。只是該怎麼說，雖說要超越偉大的存在，但是證明自己超越的依據是什麼，這就是問題所在吧？」

「那當然是跟那個偉大的存在直接對決，打贏他不就得了嗎？」

「嗯。你說的確實也有道理。不過，我認為並不是這樣。」

「哦？」

「畢竟人有所謂的全盛期，而且戰鬥也與狀況及運氣有關。就算打贏了，要是被人說『只是運氣好才贏的』或是『反正是用了偷襲的手段吧？』，也等於徒勞無功。」

「……」

「我不打算否定仰賴運氣或是偷襲所帶來的勝利。可是，世人並不這樣認為。有人認同偉大，才稱得上真正偉大。」

「那麼，該怎麼做才能讓別人認為你很偉大？」

「很簡單。只要和偉大的人做同樣的事情就好。對吧？」

「所以，你才要打倒霸主？」

「沒錯。打倒霸主……打倒貝卡利特大陸最為龐大的貝西摩斯。」

這傢伙的目的就是這個。

棲息在貝卡利特大陸，地上最大的生物。

討伐比龍遠遠來得巨大，能踩碎任何物體，據說不可能打倒的巨獸貝西摩斯。

這傢伙視為目標的偉大人物，從前曾討伐過貝西摩斯。

那個故事流傳下來，遍布到世界各地。

與伙伴共同克服困難，為了拯救受苦的人們，挑戰巨獸貝西摩斯，然後得到了勝利。

是這樣的英雄傳奇。

所以，這傢伙也打算做出與他相同的事。

要說不同之處，就是這傢伙是一個人，並沒有特別克服困難，也沒有因此受苦的人們。換句話說，他要挑戰貝西摩斯並沒有什麼大不了的理由。只是對於這傢伙而言，要超越偉大的人物，就是個很了不起的理由。

他為了這個目的，才會在這裡等著不知何時會出現的貝西摩斯。

在這種空無一物，偏僻村子的岩石上。

「原來如此，不愧是以英雄為目標的人。」

而且，要拉攏這個立志當英雄的蠢材，需要的是話術。

這傢伙追求的是英雄傳奇。

我所扮演的角色，就是帶給英雄進一步試練的預言者。

必須要醞釀出那股氛圍。

「那麼，我也告訴你我來這裡的理由吧。」

「哎呀？你並非一般旅人？」

「你不覺得不可思議嗎？不是商人，甚至也沒跟人組隊，像我一樣的貧弱冒險者，為什麼會來到這種地方。」

「唔嗯。意思是你……」

「『黎明之時，背向太陽行走半日』。」

現場一陣沉默。

聽到我唐突說出的預言，這傢伙一臉興味盎然，眼神閃閃發亮。儘管一句話也沒說，但他轉過身子，將手貼在地面看著我。嘴角也露出笑意。

「贏了之後就回來吧。到時候，我會告訴你更有意思的事。」

我說完這句話，轉過身子。

「慢著，那是什麼意思！」

我沒有回頭，也沒有回應。

總之重要的是氛圍。我就這樣快步離去……

哎呀，話說我現在是在巨石上面……嘖，也沒辦法直接跳下去。

總之，我把手放在梯子慢慢往下移動。

他沒有追來。我看到他只是露出戰慄眼神，目送我離開。

雖說最後沒辦法好好收尾，不過，這樣也行吧。

★★★

隔天早上，我因為轟響而猛然清醒。

我從自己在睡的帳篷飛奔而出，環視周圍，確認沒有危險逼近而來之後，便像往常那樣確認身體狀況。

不知是因為夜風刺骨，或者是這一帶的伙食不合胃口，感覺肚子狀況有些差。我前往廁所，蹲了將近一小時後，便前往發出聲響的地方。

沒有必要慌張。

畢竟我知道接下來會發生什麼事，也明白現在是什麼狀況。

「呼啊啊～啊。」

我打著呵欠朝傳出聲音的方向走去，發現在村子入口處聚集了人潮。

老戰士們拿著武器，孩子們露出不安神色，望著地平線的另一端。

「不好意思借過一下。」

我推開人潮，移動到看得見發出聲音的場所。

呈現在眼前的，是猶如神話那般的光景。

首先是巨大生物。就像是前所未見的噁心物體長了好幾根腳的那傢伙，巨大到就算是從遠處望去也看得清清楚楚。簡直無法想像牠正確的大小。最起碼也有五百公尺。昨天看到的龍甚至宛如小孩。

是貝西摩斯。

那個巨大的貝西摩斯，正痛苦地在打滾。

牠橫衝直撞、翻滾，每個動作都會揚起劇烈沙塵，可說是沙土海嘯，讓遠景看起來模糊不清。

即使揚起沙塵，依舊能看到牠的身影，想必是因為牠過於巨大。

如果小貓做出類似貝西摩斯的動作，恐怕會認為「應該是在趕蒼蠅吧」。

然而，並不是。

貝西摩斯渾身是血。

有某個東西，在巨大的身體表面來回穿梭。

而且每當那個物體行動，巨大生物的身體就會冒出割傷，湧出鮮血。

正在戰鬥。

某個人，正在與那巨大生物戰鬥。

「媽媽……」

母親抱緊畏懼的孩子。

老戰士們也嚥著口水，觀看這場戰鬥。

巨大生物與某人的戰鬥，持續了好一陣子。

到處打滾的巨大生物沒有發出聲音，只是不斷暴動，任誰來看都會認為牠的動作很拚命，感受到對生命的執著。

戰鬥是在太陽開始西斜，過午時分才結束。

貝西摩斯的動作，無論是誰來看都了解明顯變鈍，隨時可能會死。

牠流著鮮血，但卻沒有放棄，到處來回打滾。

然而，那也沒有持續太久。

突然，貝西摩斯放棄胡鬧。挺起身子，打算走到某處。雖然不清楚牠是不是了解自己已經回天乏術，但牠是打算逃跑嗎？

最後，貝西摩斯猛然伸展身體。

就像是抬頭仰望天際那般，在四肢灌注力量……從嘴裡重重吐出一口氣，腳部猛然喪失了力氣。

就這樣，像一屁股坐下那般用力倒了下去……動也不動。

就在這個瞬間，戰士們拳碰拳，雙膝跪地。

向著死去的貝西摩斯低頭致意。

我雖然沒有仿效這個動作，但總覺得待在這裡很尷尬，所以就退到了集團的後方。

戰士們維持著這個姿勢，就像是在等著什麼。

不久，視野變得清晰可見。

當眾人可以清楚看見貝西摩斯屍體時，有某人從地平線另一端走了過來。

那傢伙身上披著好幾塊破布，手上拿著一把大劍。

「是英雄。」

某人如是說。

「英雄……」「英雄！」「英雄！」

此起彼落的聲音，迎接那個男人。

沒錯，在這裡，會將打倒貝西摩斯的人視為英雄，也就是最強的戰士。

如同從前打倒了失控的貝西摩斯，將村子從危機中拯救出來的英雄。

村裡的戰士們挺起身子，打算招待男人進村。

其實，這次村子並沒有因為貝西摩斯而陷入危險之中，但那種事根本無關緊要。因為對戰士們而言，能打倒貝西摩斯的戰士是令他們憧憬的象徵。

但是，男人無視戰士們的款待，走向了這邊。

筆直地朝著我走來。

「牠並不是霸主。」

「這樣啊。」

「如果是霸主，應該更大才對。」

喔喔真可怕。居然說那個算小啊。好像會顛覆我的三觀。

算了，那確實不是霸主。要是與霸主戰鬥，這傢伙會連續戰鬥十幾天，到頭來還會有一個月都徘徊在生死邊緣。

「不過謝謝你。我能討伐貝西摩斯都要歸功於你。」

「不客氣。」

「那麼……」

男子的視線變得銳利。

「你說會告訴我更有意思的事，那是什麼意思？」

他對我手上的情報有了興趣。對我產生了興趣。

這樣一來，總算能跟他交談。

不過很抱歉。預言者的時間已經結束啦。我並沒有閒到能陪你玩英雄遊戲。

「不是啦，該怎麼說，你啊，想成為英雄對吧？成為超越偉大存在的英雄。」

「與其說我想，不如說我會。」

「既然這樣，照現在這樣應該不行吧？」

「不行是指？」

「現在的你，只是想直接模仿偉大的存在曾做過的事情吧？像是討伐龍，或是討伐貝西摩斯。」

「是的，因為最起碼得先辦到相同的事，否則根本沾不上邊。」

「不過你仔細想想，這樣沒辦法當上英雄吧？」

「嗯，確實是……」

男人擊退了貝西摩斯。

在這個村子，只要打倒貝西摩斯就會被視為英雄尊崇。只是他們並沒有為什麼事情困擾。貝西摩斯也是，牠在沒有任何罪過的情況下遭到男人殺害。

毫無理由就狩獵魔獸，確實很難說是英雄的所作所為。

「你知道斯佩路德族嗎？」

所以，我該提示的，就是成為英雄的道路。

「嗯。是惡魔的種族吧。在拉普拉斯戰役時，他們不分敵我到處殺戮。不過，我記得應該已經滅絕了才對。」

「其實還有倖存者。」

「在哪？」

「哦，先冷靜點。把話聽到最後。其實，有比斯佩路德族更邪惡的傢伙。」

「……更邪惡的傢伙。」

「嗯，這傢伙就像是這世上萬惡的根源。我想你至少也有聽過名字。」

「……」

「七大列強第二位『龍神』奧爾斯帝德。」

男人的表情變了。

我故意賣關子，攤開雙手。將頭微微斜傾，觀察男子的表情。

「你當然知道吧？」

我很清楚。

這傢伙以什麼為目標。這傢伙打算超越什麼。還有，他視為目標的那個人達成了什麼，沒有達成什麼。

刺激這個部分，實在是輕而易舉。

「那傢伙將斯佩路德族納為屬下，隱藏行蹤。」

「……龍神並非邪惡的人物。他是打倒魔神拉普拉斯的英雄之一。不如說，他與斯佩路德族應該是處於敵對關係。」

「那是指好幾代以前的龍神吧？既然改朝換代，新任龍神也有可能是個傻子。我有說錯嗎？」

「嗯……是這樣沒錯。」

「這部分，你就不一樣。你反而打算超越上一代。非常有出息。」

「……」

我感覺得出男人的話變少。

愛高談闊論的男人變得沉默。

這就是他把我的話聽進去，認為有考慮餘地的證據。

「殺死斯佩路德族的倖存者，打倒奧爾斯帝德。這樣一來，你將會成為名垂千古，流芳萬世的英雄。而且還是以七大列強第二位的名號。」

「……」

「無論是多麼偉大的存在，也並非獨一無二的絕對強者。在創造英雄傳奇時，往往存在著無法超越的對手。沒錯吧？為什麼沒辦法超越？那當然是因為沒有挑戰的機會。不是嗎？」

男子瞪大雙眼。

「我會給你機會。取得前所未有名聲的機會。這種機會，或許不會再有第二次。」

男子抿緊嘴巴。

他目不轉睛地看著我。我懂。你肯定比我更加了解。因為你從小就一直很憧憬，除了從爸媽那邊聽說詳細內容之外，還巡遊世界各地收集那個傳說。

為了超越那傢伙。

如今只要能打倒龍神奧爾斯帝德，你就能確實超越他。

「不可能。不管是『技神』、『龍神』、『魔神』還是『鬥神』，都已經好幾年行蹤不明。就連奧爾斯帝德的所在處也應該沒人知曉。」

嗯，我知道你會這樣說。

「是啊。不過，我倒是完美猜到了貝西摩斯的所在處。」

「可是牠並不是霸主。」

「那也沒辦法啊。因為霸主要再過八十年才會來這裡。」

「哦，這個情報不錯。那我八十年後再來吧。」

「哎，總之先別管八十年後……你不想挑戰看看嗎？貨真價實的世界最強。比起連是否存在也不確定的技神還要來得更強。從拉普拉斯戰役後就一直稱霸到現在的壓倒性強者。」

男人看著我。

要是沒有成為人神的手下，這傢伙肯定看都不會看我一眼。就算在冒險者公會擦身而過，想來這傢伙也只會把我看成隨處可見的雜草徹底無視吧。雖然我也明白自己很愛找人攀談，但應該沒辦法畏畏縮縮地找這傢伙搭話。

畢竟，他是這個世上屈指可數的ＳＳ級冒險者。

即使在那之中，層次也是截然不同，堪稱頂點的存在。

那就是這個男人。

我也曾經憧憬過。

剛當上冒險者那陣子，這傢伙視為目標的存在，同時也是我的目標。我曾在內心發誓，總有一天要完成那樣的豐功偉業。

然而，現實是殘酷的。

那樣的偉業我連一項也沒達成。

當然，好歹我也幹了這麼久的冒險者，總會有一兩項能向別人吹噓的事蹟。

可是，我只是看著而已。

可以幫達成偉業的那群傢伙煮飯，在他們達成偉業前幫忙做好事前準備，但在最後的最後，只是看著而已。

與保羅冒險的時候也是這樣。

就算是與那個九頭龍戰鬥時，我到最後也沒有衝上前線。

「知道了。那麼，奧爾斯帝德在哪？」

「要告訴你也行，不過有個條件。」

「我接受。」

「喂喂，我還沒說啊。你答應得也太快了吧？」

「像你這樣的小人物，不可能會沒有任何條件，就給別人他想要的東西。」

「沒錯。」

實在令人開心。

因為我面對還在幹冒險者時憧憬的人物，可以像這樣與他對等談話。

「雖說是條件，但也不是什麼難事。有兩件事。首先，麻煩你移動到這個場所。之後的事情我會慢慢傳達給你。還有，就算看到我也別像熟人那樣找我搭話。因為我在隱密行動。」

我這樣說完，遞給男子一份地圖。

「還有一件事，我雇主想殺死的對象，是奧爾斯帝德的部下。與斯佩路德族不同。要是想見到奧爾斯帝德，這個人勢必會成為阻礙。所以，我的條件就是要順便幹掉他。」

「你的雇主？」

「你沒在夢裡見過嗎？像是有很莫名其妙的傢伙給你建議。」
「喔喔，總覺得以前好像曾作過那種夢……你跟隨那種傢伙嗎？」
「算是啦。」
男子聳了聳肩。
表情就像是在表示，如果是我絕對不會跟隨那種傢伙。
不過，既然我都照人神的指示在拉攏他了，那就是不可能的。
因為人神那傢伙只會挑選可靠的對象。要是在目前這個階段洩漏情報，計畫就泡湯了。
那傢伙可是很膽小的。
「所以，你決定如何？Ｙｅｓ？Ｎｏ？」
「當然是Ｙｅｓ。」
當機立斷。這個回覆不錯。
「雖然我不喜歡殺害沒有任何罪過的對象，但俗話說犧牲小我完成大我。」
「是嗎？」
以我來說，反而討厭他對於殺害無辜的斯佩路德族沒有任何疑問。
回頭想想，是在剛當上冒險者不久的那陣子。
我差點死去，瑞傑路德老大救了我一命那時。
若說那也是遵從人神的建議移動的結果，其實也沒什麼大不了。

不過，我心情上是打算站在斯佩路德族那邊。至少我沒有奇怪的歧視意識。

只是既然事情演變成這樣，我也只能下定決心，不斷沉淪下去。

「那麼，事情就是這樣。你盡可能早點來啊。」

「知道了。那我現在就動身吧。」

男人這樣說完，開始邁出步伐。

就算沙漠的老戰士們試圖挽留，他也絲毫不以為意。

明明幾乎沒做好旅行的準備，卻像要去別的地方散步那般，開始朝向沙漠走去。

不管是哪個傢伙，都是一旦決定就馬上行動。

「……不過，英雄啊。」

以前我也憧憬過那種人……但現在長大一看，才明白以英雄為目標的傢伙，到底有多危險。或者該說太稚嫩了嗎……

那傢伙在那群人當中，這種特質更為明顯。

「好啦，總之今天就留在這個村子，聽下次的神諭吧。」

我輕輕搔了搔脖頸，回到了村子。

走到一半，我突然轉頭望向背後。

看見了逐漸消失在沙塵之中的男子背影。

雖然容易欺騙且容易操控是不錯，而且實力確實也相當了得……

但都是這種傢伙真的不要緊嗎……雖然他們確實會站在我們這邊是很令人安心沒錯。

不過，一直打安全牌可是贏不了的喔。

對吧，人神大爺？

國家圖書館出版品預行編目資料

無職轉生：到了異世界就拿出真本事 / 理不尽な孫の手作；陳柏伸譯. -- 初版. -- 臺北市：臺灣角川, 2021.01-
冊；　公分. -- (Kadokawa fantastic novels)
譯自：無職転生：異世界行ったら本気だす
ISBN 978-986-524-172-8(第20冊：平裝). --
ISBN 978-986-524-338-8(第21冊：平裝). --
ISBN 978-986-524-541-2(第22冊：平裝)

861.57　　　　109018305

Kadokawa
Fantastic
Novels

無職轉生～到了異世界就拿出真本事～ 22

（原著名：無職転生～異世界行ったら本気だす～ 22）

２０２１年６月７日　初版第１刷發行
２０２４年４月２日　初版第６刷發行

作　者：理不尽な孫の手
插　畫：シロタカ
譯　者：陳柏伸

發行人：台灣角川股份有限公司
總　監：呂慧君
總編輯：朱哲成
設計指導：陳晞叡
印　務：李明修（主任）、張加恩（主任）、張凱棋

發行所：台灣角川股份有限公司
地　址：１０４台北市中山區松江路２２３號３樓
電　話：（02）2515-3000
傳　真：（02）2515-0033
網　址：www.kadokawa.com.tw
劃撥帳戶：台灣角川股份有限公司
劃撥帳號：19487412
法律顧問：有澤法律事務所
製　版：巨茂科技印刷有限公司
ＩＳＢＮ：978-986-524-541-2